K. Dilano

El Secreto de
BOOMARANG

Título original: *El secreto de Boommarang*

Copyright © K. Dilano, Abril 2014

ISBN: 978-1499123111

Diseño de portada: Arminda Tielas Marcos

Maquetación: Luis Ynat

AGRADECIMIENTOS

Quiero agradecer a todos y cada uno de los que menciono, por haber contribuido con su información, consejos y apoyo a que la ficticia ciudad de Boommarang y sus singulares habitantes hayan podido ver la luz.

A mi compañera de trabajo Mila y sus conocimientos sobre Australia. Así como por ser la persona que me aportó los primeros datos que sirvieron de inspiración a esta nueva novela.

A Mavy, mi azafata tasmana y pelirroja favorita, por acercarme aquel país y contarme alguno de sus recuerdos.

A mi querido hermano Pepe por aconsejarme y descubrirme todo lo referente al mundo de la construcción y por darme pautas clave que giraron la acción de la novela hacia enfoques más realistas.

A Loreni por explicarme muchos de los términos, útiles y procedimientos usados dentro del mundo de la vigilancia privada.

A mi amiga Mª Jesús y al Dr. Jesús María por asesorarme en temas médicos.

A mi amigo Carlos por ser la inspiración física de uno de los personajes principales y que además, gracias a su colaboración, llegará a materializarse en el Book Tráiler de la novela. Ya veréis lo guapo que es.

A su mujer y grandísima amiga, Montse, que no sólo me apoya en cada aventura novelística en la que me embarco sino que además queda nombrada directora de casting de los intérpretes de mis Book Trailers.

A Mindei y Visi, incondicionales amigas, lectoras y críticas constructivas que me ayudan a querer imaginar historias nuevas que ofrecerles tanto a ellas como a otros que quieren seguir leyéndome.

A Oscar, Raúl, Guillermo, Miguel, los elegidos, por querer leer mi historia ofreciéndome su visión de la misma y el alcance y aceptación que podría tener dentro del mundo gay.

Y en general a las parejas de homosexuales, principalmente con hijos, que han sido el motor de esta historia y que con su unión reafirman el amor y cuidado de seres indefensos como son los niños, propios o ajenos. Ellos y ellas simplemente quieren sacar a flote su instinto de protección y su deseo de ser padres o madres y ojalá alguna vez consigan acallar del todo las palabras hirientes soltadas por aquellos que polemizan contra ellos, día tras día, por no tener cosas mejores en las que pensar.

En memoria de mi cuñado David Mangas.
Ojalá nos quedase Australia para un reencuentro.

- 1 -

Con los dedos de una mano podía contar las veces que había venido a España en los últimos veinte años. Y sería la última, después de llevar a cabo la misión que me traía hasta las antípodas de donde nací y en donde conviví con el que sin duda había sido mi gran amor.

Hoy traía sus restos en forma de cenizas, dentro de una urna de vuelta a su ciudad natal, para que sus hijos le ubicasen en el nicho de uno de los cementerios de Madrid.

Yo habría podido lanzarlas a un lago, esparcirlas por un monte o enterrarlas al pie de algún árbol, en nuestro jardín de Byron Bay, ya que la decisión de Tony fue que hiciera lo que me viniera en gana después de su muerte. Sin embargo, lo que hice fue traerle junto a los que por ley debían tenerle cerca, sus hijos, y que por diversas circunstancias habían pasado más tiempo que nadie alejados de él.

La misma noche de su fallecimiento, estando aún caliente su cuerpo entre mis brazos, llamé a sus dos hijos para planteárselo. Después contacté con los del seguro y en menos de un día Tony pasó de ser el cuerpo generoso en quién me había apoyado durante más de la mitad de mi vida, a ser simplemente un puñado de cenizas metidas dentro de un jarrón del que no me podía separar.

Mi pequeña Betty, su nieta, nuestra nieta, se enfadaba conmigo cuando venía a despertarme al sofá en mitad de la noche. Me decía que soltara aquella urna y que me fuera a la cama a descansar, pero yo me limitaba a sacudir la mano para que me dejara sufrir en paz y dormitar mi pena, al tiempo que rememoraba viejos tiempos.

Ella fue la que se encargó de todo lo tedioso que vino después de la incineración: comprar los billetes de avión, sacar los visados de turista, preparar las maletas de ambos, cerrar la casa para pasar fuera unas largas vacaciones y concretar con su padre y su tío los detalles de lo que harían con aquellas cenizas al llegar a Madrid; <<y eso si conseguimos despegarle de la urna>>, como en alguna ocasión escuché que les decía.

Así que para mí fue una sorpresa saber que sus hijos querían mantener un espacio físico, en forma de nicho, donde poder ir a visitar a su padre. Un padre al que no habían tenido cerca en todo aquel tiempo y a quienes quizás les consolase poder llevar unas flores después de muerto.

Betty era el apodo de Bettina, la hija pequeña de Sergio quien era el mayor de los hijos de Tony. Ya hacía cuatro años que ella vivía con nosotros y en breve terminaría los estudios universitarios de Biología marina que le habían llevado hasta Australia.

El viaje a ambos se nos hizo bastante pesado; sin embargo había cumplido el segundo de mis objetivos, conseguir que ella viniese a Madrid después de tanto tiempo y que por fin pasase un tiempo junto a su padre.

−¡Betty, Lin, estamos aquí! −aunque Javier, el hijo pequeño de Tony, llamaba nuestra atención en inglés, me costó trabajo localizarle debido a la vista cansada y la sordera que me acompañaban de un tiempo a esta parte.

—¡Papá, tío Javi! —Betty gritó con nerviosismo sin dejar de agarrar mi mano que estaba apoyada sobre el carrito de las maletas y que, más que ayudarla a empujar, ayudaba a mi cuerpo a soportar la vejez y el entumecimiento de piernas dejado por el avión.

Los tres se fundieron en un abrazo común mientras ellos halagaban la belleza de nuestra preciosa niña tras mucho tiempo sin verla.

—¡Lin, bienvenido! —Javi me abrazó y plantó un beso en mi mejilla antes de separarse y darme el pésame por la muerte de su padre, mi compañero.

Sergio se limitó a darme un apretón de manos y en sus ojos pude intuir la pena por la perdida de su progenitor, aún a pesar del reencuentro feliz con su hija.

—¡Lin! ¿Qué tal el viaje? —me preguntó Sergio haciendo gala de su sempiterna seriedad y sin dejar de mirar la urna que yo cargaba.

—Se me sigue haciendo tan largo como hace años y eso que es vuelo directo. ¿Qué tal vosotros? ¿Y Ruthy? Pensaba que vendría a esperar a su hermana.

—Mañana es fiesta en toda España y antes de cogérselo libre tenía que dejar solventados unos temas informáticos en el hospital para poder asistir al funeral.

Enseguida llegamos a los coches y nos pusimos en camino hacia la casa de Sergio, un chalet a las afueras de Madrid.

Su casa era amplia, con unas bonitas vistas de la Sierra madrileña; y como el otoño era caluroso, se permitían tener las ventanas abiertas durante el día.

—Acomódate y descansa algo. Hoy cenaremos pronto para que no variéis vuestros hábitos tan bruscamente —dijo Sergio después de subir mis maletas–. Esta es la habitación de Ruth pero no te molestará. Vació su armario para dejarte espacio y ella dormirá con su hermana. Tendrán mucho que contarse.

–Os habéis tomado demasiadas molestias. Podía haberme ido a un hotel o a casa de Javi. Betty necesita pasar tiempo a solas contigo y con Ruth.

–Fue ella la que insistió en que te quería cerca. Aunque hubiera sido más cómodo para ti la zona del sótano, es prácticamente como un apartamento independiente. Aquí arriba tendrás que compartir el baño con las dos –contestó metiéndose las manos en los pantalones y antes de girar para marcharse.

–Es perfecto, gracias Sergio –pude decirle antes de que saliera por la puerta levantando una mano en señal de respuesta.

Betty adoraba a su abuelo. Y aunque durante todo aquel tiempo que duró la enfermedad de Tony habíamos tenido enfermeras en la casa, que se ocuparon de sus cuidados, me preocupaba que se sintiera obligada, a partir de ahora, a tener que atender a un viejo como yo; ya que, aparte de que no éramos familia y de que su padre no lo aprobaría, yo tampoco deseaba verla marchitarse a mi lado cuando su juventud y alegría debían de hacerla volar a sitios y mares recónditos dónde poner en práctica todos sus conocimientos.

Coloqué la urna con las cenizas de Tony sobre el escritorio que había bajo la ventana abierta y me senté en la silla para descansar un poco.

La imagen de un Sergio más joven apareció en mi mente. Tenía unos veinte años y era tan parecido físicamente a su padre, que nadie hubiera dudado que eran familia.

Fue durante la primera Navidad que pasamos juntos en Boommarang en el año 2013, y a los pocos meses de llegar emigrado a Australia para trabajar, cuando Tony me presentó a sus hijos.

Por aquel entonces, en España, la crisis por la que pasaban había llegado a desestructurar familias enteras. No había trabajo, no había dinero, no había recursos, ni modo de localizarlos. Habían pasado en cuestión de pocos años de ser uno de los países europeos con una calidad de vida media aceptable a convertirse en un país empobrecido, corrupto y sin futuro debido a una terrible situación económica, política y social.

La situación en poco tiempo fue insostenible para muchas familias.

En el caso de Tony, todo comenzó siendo un problema que pasó de largo por sus vidas; quedándose en paro amigos de otros amigos o algún familiar lejano.

Los inmigrantes, que formaban el grupo más numeroso de mano de obra en su empresa, regresaban a sus países de origen. A muchos otros, o se les hacían contratos parciales o directamente se les rescindían y ya no se les renovaba ni se les cogía en ninguna otra parte; porque ya no había nada que construir, nada que reformar, nada con lo que salir adelante durante unos pocos meses más.

Tony era arquitecto y trabajaba en un estudio del centro de Madrid. Y Teresa, su mujer por aquel entonces, un tiempo antes se vio en la calle después de casi treinta años trabajados con dedicación en una agencia de viajes. Desde aquel instante su vida comenzó a torcerse.

El cierre de la empresa de su mujer era una de las primeras pruebas de que las cosas en España no pintaban nada bien ni para ella, que era una administrativa de una de las más importantes mayoristas de viajes, ni para lo que después terminó siendo la tónica general en el país entero: empresas con muchos años en juego, que aún teniendo beneficios se veían expoliadas, arruinadas y reventadas por la mala gestión de directivos que curiosamente recibían buenos emolumentos para sus bolsillos a costa del sudor, el trabajo, la supervisión y la dignidad de muchos de sus empleados que se veían por entonces en la calle en edad avanzada, como Teresa, lo que les suponía una dificultad para encontrar otros trabajos. ¿Dónde iba a localizar ella un empleo digno con casi cincuenta años, formación académica básica, dos hijos y un país quebrado a nivel social y laboral?

A partir de ese momento, la relación entre Tony y Teresa cayó en picado. Su mujer le llevaba seis años y la menopausia se le presentó demasiado pronto, lo que junto con la adolescencia de los hijos, el paro y las largas jornadas de trabajo de él en el estudio, mermaron la pulsión sexual de ambos llevándoles a espaciar los encuentros íntimos, a espaciar sus vidas, a espaciar su amor.

Por fortuna, la empresa donde trabajaba Tony superó los dos primeros años del comienzo de aquel declive. Pero no lo pudo soportar mucho más.

Con la llegada de los primeros recortes, el estudio de arquitectura despidió a doce de sus empleados, entre ellos a él.

Un triste finiquito, un apretón de manos y algunas cartas de recomendación fue todo lo que pudo conseguir de sus jefes después de diecinueve años de trabajo para ellos.

<<Al menos tenemos mi prestación>>, le dijo Teresa. Lo cual no fue demasiado consuelo para él, debido a que su condición de trabajador autónomo le impedía cobrar del Estado alguna ayuda adicional que aportase un extra a la economía familiar.

De cualquier manera, aquellos ínfimos ingresos mensuales fueron bienvenidos. Pero los parones no eran buenos en la profesión de Tony y menos en un país en el que las perspectivas de que la crisis inmobiliaria saliera del atolladero, en el que la habían metido los banqueros y los malos gestores empresariales y políticos, fuera a verse resuelta en breve.

Sin subvenciones para la construcción de obras públicas, hospitales, colegios, sin dinero en las familias para acometer obras menores ni

14

mucho menos mayores, sin contratos de años por delante para hacer vivienda social, sin futuro y sin esperanza; ese era el panorama en el que se veía envuelta la calidad de vida de la que muchos ciudadanos de clase media habían disfrutado en años anteriores, incluidos Tony y su familia.

Las visitas al médico de cabecera fueron en aumento; el diagnóstico era claro, ansiedad. ¿Pero por qué? Se preguntaba Tony. Él nunca se había considerado un hombre nervioso. Daba igual, la realidad estaba ahí; ansiedad por la falta de trabajo, por miedo al futuro y por la preocupación sobre el bienestar de sus hijos.

Mientras él estuvo trabajando, Teresa mantuvo cierto nivel social: gimnasio por las mañanas, clases de paddle particulares, café con las amigas, actividades solidarias en la parroquia del barrio. Pero cuando el trabajo de él terminó, los recortes a su esposa no le gustaron. Aún así no había más remedio, ya que los chicos seguían creciendo y la presión le abrumaba porque ambos eran buenos estudiantes y temía no poder llegar a pagarles su formación universitaria.

Las peleas entre la pareja comenzaron a ser inaguantables. A Teresa le superó tanta testosterona junta y hablar a gritos en la casa comenzó a ser algo habitual. La distancia entre los hermanos era propiciada por su madre que tenía especial debilidad por el pequeño.

La idea del divorcio se les antojaba la única solución posible pero, ¿qué separación podrían llevar a cabo cuando sólo disponían de aquella casa y la escasez de dinero no le hubiera permitido, a ninguno de los dos, haberse ido a otro lugar ni siquiera alquilados?

La situación llegó a convertirse en desesperante. Tony se pasaba el día entero, desde que se levantaba, enchufado al ordenador buceando en las redes sociales, leyendo la prensa digital y buscando trabajo en sitios donde su extensa experiencia no les era válida.

15

Había días en que se volvía a acostar con el mismo pijama con el que se había levantado. Ni siquiera se duchaba, apenas sí comía bocado. Las deudas fueron acumulándose y la vergüenza por todo ello fue inaguantable para su mujer, quién una mañana recién levantada le escupió sobre la mesa que quería la separación.

Mientras ella argumentaba sus causas, Tony no hacía más que pensar en qué les había llevado hasta aquel punto sin retorno y sobre todo, adonde iría para huir de ella y evitar que sus hijos siguieran sufriendo sus problemas maritales.

Su padre había muerto años atrás, su madre lo había hecho mucho antes y no tenía ningún hermano. Teresa no consentía en compartir la casa ni toleraba su presencia, él no podía costearse el alquiler ni siquiera de una habitación en casa compartida con otros inquilinos, ni tampoco podían invertir dinero en un abogado que les hiciera alcanzar un acuerdo satisfactorio para ambos.

Sus hijos, Sergio y Javier, no querían oír hablar del asunto. Enfrentarse a su madre era casi peor que aguantar la incertidumbre de dónde acabaría su progenitor al final.

Sus consejos como padre pasaban por aguantar a su madre hasta que se le pasara y no pelear entre ellos, debían mantenerse unidos. Pero él conocía bien a Teresa y esa no era vida para ella; convertiría aquello en un infierno diario, en un campo de batalla hasta salirse con la suya y conseguir que él se fuera de la casa.

Cuando tan sólo quedaba medio año para el comienzo del verano y en pocos meses empezaban las reservas de las nuevas matriculas de Universidad para el curso siguiente, la presión no le permitía dormir.

La búsqueda de trabajo por Internet le ocupaba la mayoría de las noches completamente en vela; aunque se negaba a que le dieran más allá de las cuatro de la mañana, por no comenzar a verse dormitando de día como un vejete jubilado que no tuviera nada mejor que hacer que invertirlo en descansar lo que la noche no le dejaba.

16

Una tarde, leyó un artículo interesante: la gente joven estaba saliendo del país para encontrar trabajo emigrando al extranjero. ¡Emigrando! ¿Dónde? El caso es que tampoco podía decirse que él fuera joven del todo. Ni joven ni viejo para los 44 años que tenía.

Rebuscó información durante días y dio con aquella página que le invitaba a incluir sus datos personales, profesionales, edad, personas a su cargo, etc. Al pasar a la página siguiente, el pago que pedían para poder seguir avanzando con la información y permitirle conseguir una puntuación adecuada para la obtención del visado de trabajo que el país le exigía, fue lo que le hizo cerrar la página, salir del buscador y apagar el ordenador.

A la media hora, su hijo Javi le pasó el teléfono inalámbrico.

—Creo que preguntan por ti, papá. Hablan en inglés y no le entiendo muy bien.

Extrañado, Tony se puso al aparato.

—¡Diga!

El interlocutor le preguntó si acababa de hacer una incursión en una página oficial del gobierno australiano.

Haciendo un esfuerzo por usar su mejor inglés, habló con aquella persona dándole la información que le pedía: datos completos sobre su currículum profesional, estado civil, edad de los hijos, perspectivas laborales en su país, interés que le movía a emigrar a aquel continente tan lejano del suyo. ¡Dios! Tantas preguntas, que le fueron abriendo un halo de esperanza de conseguir algo más que una simple entrevista de trabajo vacía de contenido y de miras de futuro.

A partir de aquel día y de aquella conversación, los correos electrónicos le seguían llegando puntualmente pidiéndole más datos, más información sobre sus hábitos, temas de salud, experiencia laboral, datos sobre su esposa y el nivel de estudios de sus hijos, sobre sus ingresos y ahorros, sobre su pretensión de estancia en ese continente;

17

de 1 a 3 años, de 3 a 5 años, más de 5, no regresar jamás..., esta última opción se le hacía más interesante que ninguna otra. No regresar jamás, nada más que lo que supusieran las vacaciones para visitar a sus hijos, dándole la oportunidad de dejar atrás lo que a todas luces no quería remover, sus dos fracasos: el laboral y el matrimonial.

Una vez que se decidió por pagar los dólares que le pedían, tardaron sólo un par de meses en aprobar su solicitud. Su carrera de arquitectura, su experiencia profesional y la empresa que le reclamaba para ofrecerle un contrato de trabajo por tres años, fueron decisivas para conseguirlo tan rápido. Pensó que fue el mejor dinero invertido de toda su vida o al menos así lo esperaba. Un pasaje hacia una nueva vida llena de ilusión y de posibilidades; sin muchos recursos al principio, sí vale, pero con esperanza al menos. Y no sólo para él sino también para sus hijos.

El siguiente paso consistía en asistir a la Embajada de Australia en Madrid para comenzar a tramitar el visado de trabajo, sacarse las fotos, llevar el certificado médico que solicitaban, rellenar un sinfín de cuestionarios y una mañana entera aguardando en una sala rodeado de multitud de carteles de aquel lejano país, donde se mostraban los mejores paisajes y estampas pintorescas que se le conocían.

Alrededor de un mes más tardaron en hacerle llegar el visado, directamente a su casa, por mensajería. Una hora incierta de un día en el que, afortunadamente, él se encontraba en la casa para recogerlo.

Por fin lo tenía, un aval hacia la prosperidad. Y ahora, había llegado el momento de decírselo a Teresa.

- 2 -

Noté como alguien tocaba mi brazo, devolviéndome de nuevo a la realidad.

—Abuelo Lin, despierta abuelo —el zarandeo en el brazo se hizo más intenso.

—¡Ruthy cariño, qué alegría! —me sorprendí al verla—. ¿Qué hora es? —el aturdimiento con el que desperté me hizo estar un poco desubicado.

—Hora de cenar, abuelo, pero si quieres les digo que no vas a bajar y sigues durmiendo; eso sí en la cama, no aquí sobre la mesa, tienes que tener el cuello hecho polvo. ¡Y dame un beso, anda! ¡Qué ganas tenía de verte! —exclamó achuchándome.

—Y yo a ti querida, pero deja que me asee un poco y enseguida estoy con vosotros.

—Te ayudo a deshacer la maleta si quieres —se ofreció solícita.

—No tranquila, dame sólo unos minutos, pequeña.

—De acuerdo, pero cierra la ventana que refresca mucho por las noches.

Después de una buena ducha, un rápido rasurado de la pinchuda barba de viejo y la colocación de la primera ropa que conseguí sacar de la maleta, me uní a la mesa donde me aguardaba lo más cercano a una familia que jamás tuve.

—Ahora sí que puedo besarte a lo grande, Ruthy querida —mi brazos la rodearon cuando se acercó corriendo hacia mí en cuanto me vio entrando en el salón comedor.

Ruth era algo mayor que Bettina y cada verano, desde los doce años, había pasado las temporadas de vacaciones escolares con nosotros en Australia para perfeccionar su inglés. Por suerte, aún después de empezar a trabajar como técnico de servicios informáticos en hospitales, no había perdido la costumbre de ir a visitarnos prácticamente cada año.

—Abuelo, quiero que conozcas a mi novio, Yong —dijo apartándose a un lado para que pudiera ver al joven.

Aquel reverencial muchacho se presentó ante mí, como si yo fuera miembro de alguna antiquísima dinastía China, haciendo gala de su mejor mandarín frente a su novia y el resto de la familia de esta y forzándome a desempolvar de mi memoria el idioma materno con el que yo había crecido.

—¿No podías haberte buscado un novio de otra raza que no torturase a tu padre? —susurré al oído de Ruth antes de sentarnos a la mesa.

—Yong, es buen chico, dale una oportunidad. Además, te alegrará saber que me está enseñando vuestra lengua.

—Bueno, te estará enseñando eso entre otras cosas, ¿no? —bromeé con ella—. Pues conmigo no pretendas practicar porque con los años lo voy recordando cada vez menos.

—No te eches años encima abuelo que sigues manteniendo la buena percha de siempre. Además, los chinos aparentáis mucha menos edad de la que en verdad tenéis.

—¿Por eso sales con él? ¿Para que parezca que no envejece a tu lado? —le pregunté.

—No abuelo, salgo con él porque creo que llegaría a ser un buen padre para mis hijos.

20

–¿Tan en serio vais? ¡De esta matas a tu padre seguro! Si te termina echando de casa sabes que yo te acogeré y... –dije mirando a Yong–... a él también, si es lo que quieres.

Adoraba a aquellas niñas como si fueran mías de verdad y podía llegar a sentir lo que sufrió Tony al separarse de sus hijos. Él me enseñó el amor incondicional que un padre debía sentir hacia su prole, lo que no fue mi caso.

Durante aquella gran crisis española, la idea de no poder llegar a pagar los estudios a sus hijos se convirtió en una obsesión para Tony.

Casi la mitad de la población estudiantil no se podía pagar la matrícula del segundo cuatrimestre, teniendo que dejar los cursos colgados a medias. En el caso de Tony, después de quedarse sin trabajo, a duras penas consiguieron pagársela a su hijo Sergio; y eso fue gracias a los últimos ahorros guardados por él y su mujer.

El curso siguiente, su segundo hijo, Javier, comenzaría los estudios universitarios también e iba a ser imposible poder pagárselos a ninguno de los dos si seguían sin encontrar trabajo. Y no era cuestión de elegir entre uno u otro; los chicos, salvando los inconvenientes de la adolescencia, eran buenos estudiantes y parecía que lo que habían elegido como carrera era algo vocacional.

Una noche de mediados de abril, tras recibir el visado y el permiso de trabajo para Australia, al meterse entre las sábanas de su cama y rozar a Teresa, esta se apartó al notar la calidez del cuerpo de su marido. Compartían la misma cama, al no haber encontrado aún una solución mejor, pero desde hacía meses no se comunicaban nada más que con frases cortas y despechos que se quedaban en nada, debido a lo poco dado que Tony era a entrar en discusiones.

Él calculó mentalmente la última vez que habían hecho el amor y su mente le llevó hasta la primera noche de aquel año 2013; para ellos era una tradición comenzar el año nuevo con un polvo que, dependiendo de la embriaguez adquirida durante la cena, conseguía dejarles de modesta a prácticamente nada satisfechos.

Al no poder dormir, la idea de levantarse para machacársela empezó a hacérsele apremiante según se le iba poniendo dura. Se preguntó en varias ocasiones si su mujer también se masturbaría de vez en cuando y, entre ese pensamiento y el intento de recordar cuando fue la última vez que se dedicaron un gesto cariñoso, Tony entró en un sueño profundo.

A la mañana siguiente, se levantó con un empalme considerable que alivió en la ducha.

La casa estaba vacía. Cuando apareció por la cocina recién vestido, después de haber hecho la cama, la mesa mostraba los restos del desayuno de su familia y el fregadero mantenía la pila de platos de la cena con una costra reseca que le hizo perjurar en alto antes de empezar a remojarlos para guardarlos en el lavavajillas.

La desidia con la que Teresa se ocupaba de las faenas del hogar le molestaba sobremanera y empezó a malhumorarse por ello. Quizás era la llamada de atención que le quería hacer ella para que se diera por aludido, ahora que ambos se encontraban desempleados y a punto del divorcio.

Sin llegar a ningún acuerdo tácito y durante el tiempo que él estuvo trabajando, se suponía que ella se encargaba de las tareas del hogar mientras él arreglaba, atornillaba, reparaba o pintaba lo que era necesario. Pero de pronto todo eso había cambiado; de un tiempo a esa parte, cada vez que se levantaba, él recogía su habitación y ventilaba la casa. Y aunque sus hijos no eran muchachos desordenados y de sus cuartos se ocupaban ellos, Tony invertía muchas mañanas en limpiar, aspirar y fregar el salón y los baños, sin cuestionarse siquiera dónde estaba metida su esposa buena parte del día.

La idea de que Teresa tuviera un amante se le había pasado por la cabeza en más de una ocasión, pero realmente no le importaba lo más mínimo si así era; lo cual le asustaba pensar a veces, y no por el desamor, la ruptura que supusiera o el orgullo de sentirse engañado después de tantos años sino porque realmente esa idea se le empezaba a antojar atractiva.

Tal vez, pensar así fuera cobardía o una excusa fácil para tranquilizar su conciencia sobre el fracaso de su matrimonio, pero no iba a sentirse peor por pensar de aquella manera.

Si echaba cuentas, ya no recordaba la última vez que ella le había atraído sexualmente; aquel último polvo navideño ni contaba puesto que era algo que llevaban a cabo más por tradición y superstición, para entrar con buen pie en el año nuevo, que por otra cosa.

Tampoco es que le atrajeran otras mujeres; ni mas jóvenes ni más maduras, como Teresa que le sacaba unos cuantos años y que por otro lado siempre habían sido sus favoritas.

¿Acaso habría perdido el apetito sexual? La falta de trabajo tampoco era excusa ya que aquella falta de interés hacia el sexo comenzó mucho antes de quedarse en el paro.

Sin embargo, él sí que levantaba pasiones entre las mujeres que le rodeaban; como por ejemplo con la mujer de su jefe, que además era socia del estudio de arquitectura donde había estado trabajando todos aquellos años. Se podría decir que le había llegado a acosar en un par de ocasiones, teniendo que escabullirse de ella con cierto arte.

Siempre le quedó la duda de saber si ese fue realmente el motivo del despido, la revancha de una loca despechada. Pero como para entonces no tenía remedio, dejó de pensar en ello.

Él sabía que era atractivo y mientras se revisaba en el espejo del hall de entrada comprobando la ropa por última vez antes de salir de camino hacia la embajada, se vio apuesto aunque sin la mínima pretensión de explotarlo a su favor.

23

Tenía canas incipientes desde que cumplió los cuarenta y muchas más desde el despido, extendiéndose sobre todo a la altura de las sienes, creándole un interesante marco plateado alrededor de la negrura de su cuidado corte de pelo. Unas sutiles ojeras grisáceas aumentaban la profundidad de su mirada de iris oscuro y su piel dorada le hacía parecer bronceado incluso en invierno.

Antes de ponerse la chaqueta de ante y salir de casa, forzó una sonrisa frente a su propia imagen para cambiar su rictus de seriedad, humedeciéndose los labios con la lengua en un signo de coquetería que ocultaba en cierto modo el nerviosismo ante su futuro inmediato.

- 3 -

Al día siguiente de nuestra llegada y al ser festivo en España, los chicos habían convocado a las doce en punto a familiares y amigos en uno de los cementerios de la ciudad para darle su último adiós a Tony.

Allí me encontré con Martina, la mujer de Javier, a quien conocí en un viaje en el que coincidimos en Singapur y que llevaba junto a él más de veinte años.

También me saludó con afecto Sara, madre de mis nietas y ex mujer de Sergio. A esta la había visto más por conferencia virtual que en persona, ya que le encantaba charlar con nosotros cada vez que llamaba a casa para hablar con su hija.

A Tony y a mí nos rondaba saber si Sara propuso que su hija se fuese a vivir cerca de nosotros, y a estudiar al otro lado del mundo, por el beneficio profesional de Betty o por ver jodido de verdad a su ex, ya que ella era conocedora de la animadversión que Sergio sentía por la relación sentimental entre su padre y yo.

Al resto de los asistentes no los conocía. Unos me miraban con el mismo desprecio que tantas veces habíamos sufrido ambos en nuestras vidas, cuando intuían que éramos dos hombres que dormíamos juntos en la misma cama. Otros quizás con la curiosidad de saber por qué aquel anciano chino aferraba con tanta fuerza la urna entre sus manos y de la que en ningún momento quisieron apartarme sus hijos.

25

Lo cierto es que a mí me importó bien poco lo que pensaran todos ellos.

Tuvo que ser un cúmulo de circunstancias lo que me hizo perder la noción de todo y hasta el conocimiento, una vez que el operario del cementerio abrió aquel pequeño habitáculo del nicho y me pidió, en un castellano que entendí a duras penas, que introdujera la urna dentro.

De repente, todo se nubló a mi alrededor, no quería desprenderme de Tony. Habíamos estado juntos cuarenta años de nuestras vidas, él lo había sido todo para mí; mi amante, mi compañero, mi mejor amigo, mi única familia, mi verdadero amor.

Mi vida entera se iba con él metida en aquella urna de la que ahora me pedían que me separara, en un idioma que no hablaba puesto que Tony se negó a que lo aprendiera.

¿Cómo entregar mi alma a cambio de nada? ¿Cómo convertirme a partir de ese momento en nada? En nada si él no estaba.

Y entonces, mi cuerpo reaccionó por mí haciendo que me desplomara por completo.

Cuando recuperé la conciencia, me encontré tumbado sobre una de las lápidas del cementerio.

—¡Abuelo! —la voz temblorosa de Betty me llegaba un tanto lejana—. ¡Abuelo despierta! —noté su palmoteo en mis mejillas—. ¡Ay por Dios, qué susto! ¡Llamad a una ambulancia!

—No hija no. No hará falta tanto escandalo, ya me encuentro mejor —conseguí decirle.

—Agua, traed un poco de agua —pidió Sara a uno de aquellos personajes desconocidos que no paraban de mirarme como si yo fuera un bicho raro.

—¡Joder Papá, vamos a levantarle ya que me está dando mal rollo verle aquí tumbado! —dijo Ruth en español.

—Te he entendido – le contesté cuando consiguieron alzarme entre ella y su padre–. ¿Y la urna Ruthy? ¿Qué ha pasado con ella? –mi preocupación fue en aumento.

—Por suerte la pilló el tío Javier a tiempo, aunque la tenías tan bien aferrada que no se hubiera roto tampoco. Ya está colocada en su sitio.

Las lágrimas se agolparon en mis ojos al ser consciente de su falta.

—¡Ni una flor he podido ponerle! –sollocé por lo bajo sin poder evitar que esas gotas saladas comenzaran a precipitarse por mis mejillas abajo.

—Toma abuelo, aún no le han cerrado –dijo Betty alargándome una rosa roja robada de uno de los centros de flores que habían sido encargados para él.

Después, pasándole una flor a su padre y a su madre, a sus tíos y a su hermana, me ofreció el brazo para que me agarrara y me acercase junto a ella hasta el nicho que permanecía abierto, mostrando en su interior lo más importante que yo había tenido nunca.

Uno a uno fueron metiendo aquellas flores sus hijos, sus nueras, sus nietas. Rodeando con ellas la urna, hasta que llegó mi turno. Todos se apartaron dejándome espacio e intimidad para poder meter mi rosa en aquel espacio.

A duras penas, por las lágrimas que inundaban mis ojos y no me permitían ver bien, pude posar con mis dedos un último beso sobre aquel inerte cuenco metálico que ya no podría tocar nunca más.

—*Miss you so much, my love! See you soon.*

En ese momento, Betty y Ruth se abrazaron a mí sin parar de llorar y, esperando a que sacara mi mano del nicho, consiguieron separarme del último contacto con el amor de mi vida y mi mayor alegría, Tony.

Nos quedamos un buen rato allí parados, esperando que colocaran la tapa que le ocultaba, mientras la gente que había acudido comenzó a despedirse y a marcharse poco a poco.

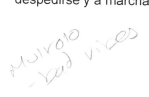

En este país europeo no era costumbre celebrar funerales con fiestas, canapés y litros de cerveza y whisky corriendo en honor al difunto; lo cual era una suerte, ya que yo no tenía el cuerpo para celebraciones y menos con gente desconocida.

Tras el funeral, Javier me hizo sentar en la parte delantera de su coche para llevarme hasta el restaurante dónde comeríamos.

Su esposa había decidido acompañar a la ex de Sergio en su auto y las niñas iban con su padre en el suyo.

—Javi, quiero pedirte disculpas por no aparecer en el entierro de vuestra madre —comencé a decirle en cuanto arrancó el coche.

—Lin, eso fue hace más de cuatro años y estás disculpado, lo sabes de sobra —respondió sin darle demasiada importancia.

—Ya, ya, pero debía decírtelo. Al igual que se lo diré a Sergio. No vine por respeto a vosotros y a vuestra familia pero más que nada por respeto a ella. Tu padre no lo entendió y se enfadó muchísimo. Aún así quería decírtelo.

—Disculpas aceptadas, Lin. Aunque, tómatelo con calma con respecto a Sergio, ¿de acuerdo? Ya sabes lo que le cuesta hablar.

Realmente sí que lo sabía. Sergio fue, de los dos, el que peor llevó la separación de sus padres. De nada le sirvió que Tony le explicara que lo hacía por el bien de toda la familia; para poder mandar dinero desde aquel lejano país y para que ellos pudieran continuar sus estudios. Llegando a verse una y a lo mejor hasta dos veces al año.

Hacerle entender aquello a su hijo fue más difícil que cuando le tuvo que decir a su mujer que aplazase el divorcio formal, al menos momentáneamente, puesto que había logrado una solución menos drástica.

En aquel entonces, le explicó a Teresa que recientemente había leído un artículo sobre Australia, el continente más lejano pero más necesitado de gente para trabajar. Fronteras abiertas a personas que quisieran establecerse allí, con o sin familia, y que arraigando ayudaran a poblar aquellas desoladas tierras que en buena parte de su extensión estaban lideradas aún por parajes desérticos que llevaban a concentrar la mayoría de su población en las zonas costeras.

Le explicó también que se había topado, por casualidad, con una noticia referente al nuevo descubrimiento de una zona en el extremo occidental del país, en donde se había encontrado petróleo y una buena variedad de minerales. La localización de ciudades pobladas en los alrededores no le mostraba nada a menos de ochocientos kilómetros a la redonda; y por eso la empresa minera y constructora que explotaría aquellos terrenos requería profesionales de grado superior, preferentemente en el campo de las ingenierías, telecomunicaciones, servicios sanitarios, construcción, así como trabajadores con formación profesional de todo tipo para poder levantar, en aquella vasta extensión, una ciudad entera que abasteciera los servicios que iban a necesitarse a partir de ese momento.

Necesitaban gente que invirtiera unos años de su vida en trasladarse a aquel lugar lleno de nada y necesitado de todo. Profesionales cualificados y también mano de obra que consiguieran erigir una ciudad como si de colonos del antiguo oeste americano se tratara.

—Pero para eso te pedirán un visado de entrada y permiso de trabajo —dijo Teresa.

—Uno como este que ya tengo, concedido hace dos días —respondió él enseñándoselo.

Para su sorpresa, aquello hizo entrar en cólera a su mujer. Los reproches por haberle ocultado esa información y haberla tomado por imbécil fueron lo primero, el engaño por no haber consultado con ella, lo segundo y por último la culpabilidad, que le intentó hacer sentir, al decirle que había usado parte de su dinero para un asunto que suponía un cambio radical en sus vidas.

29

–¿Más radical que lo que tú querías hacer conmigo lanzándome a la calle como un perro, Teresa? ¡Te recuerdo que ese dinero también es mío! Y perdóname si no consulté contigo absolutamente todo y, más que nada, por preocuparme de seguir manteniendo esta familia lo más estabilizada posible hasta que nuestros hijos se puedan independizar. ¡¡Yo no fui el que te pidió la separación, fuiste tú!! –le gritó–. Y ahora que la tienes de una manera sencilla, ¿vas y te quejas?

–No es que me queje, es que…–quiso argumentar ella.

–¡Déjalo Tere, por favor déjalo! Salgo dentro de una semana, que es el billete más barato que he podido encontrar, así me dará tiempo a preparar todo lo que me llevaré y a arreglar todos los papeles que necesitaré y los que tú te tendrás que quedar aquí para actuar en mi nombre. Creo que es lo mejor hasta que podamos solicitar el divorcio. Te juro por Dios que no os faltará de nada ni a los chicos ni a ti. Haré una transferencia puntual con cada sueldo en cuanto me entere de cuánto y de qué manera voy a cobrar, y será suficiente para que viváis sobrados los tres. Cualquier cosa extraordinaria me la haces llegar. Estábamos tocando fondo y esta es la mejor solución que se me ha ocurrido. Siento no haberlo hecho de una manera mejor.

Desde aquel momento, Tony durmió en el sofá. Las discusiones entre la madre con sus hijos fueron en aumento y la relación de Sergio con su padre empezó a desestabilizarse.

30

- 4 -

La comida en familia después del funeral fue amenizada por anécdotas de Betty de todos los años que llevaba con nosotros en Australia.

Sara, su madre, no dejaba de halagarnos por habernos ocupado de ella durante los cuatro años que había durado su carrera y que, en época estudiantil, cada viernes al mediodía hacía que la fuéramos a recoger a Brisbane para llevarla hasta nuestra casa en Byron Bay; regresándola de vuelta, cada domingo por la noche, a la residencia de la universidad que en breve le concedería el título de experta bióloga marina.

Tony y yo siempre notamos que la intención de Sara no sólo era permitir que su hija estudiara esa carrera dónde la práctica se podía ejercer mejor gracias a sus cálidas aguas, sino más bien eludir su responsabilidad materna y sobre todo poner millas de distancia entre la hija y su padre; ya que Sergio fue bastante reacio, desde un principio, a que Betty se trasladase a estudiar allí y más sabiendo que su hija pequeña pasaría mucho tiempo viviendo bajo el mismo techo que su abuelo y el amante de este.

Sara no era una mujer demasiado maternal; a la vista estaba que su hija mayor, Ruth, seguía viviendo con su padre y eso que el divorcio había sido cuando las niñas todavía eran pequeñas. Ella se preocupaba más de sus negocios inmobiliarios y de la remodelación de su cuerpo que de sus hijas. Aún así, Sergio y su ex mantenían una relación lo más cordial posible en presencia de las dos.

Yo por mi parte, y era un sentimiento compartido por Tony, tenía que agradecerle a Sara la insistencia y la fuerza que en su día tuvo hasta conseguir que Sergio permitiera que Betty tomara aquel avión que nos la llevó a casa; dotando nuestras vidas de una nueva luz, de mucha alegría y de toneladas de amor que era lo que nos entregaba constantemente a su abuelo y a mí.

Con Ruth desgraciadamente no habíamos podido tener tanto contacto, quitando sus cortas visitas anuales. Pero aún así, su relación de confianza con nosotros era casi tan cerrada como la que manteníamos con Betty.

—¿De qué te ríes, pequeña? —le pregunté a Ruth una de las veces que se volvió para mirarme sin decir nada.

—De que me alegro que estés aquí, así Yong no se siente tan cohibido entre nosotros.

—Comprendo cómo se puede sentir —afirmé—. ¿Lleváis mucho tiempo saliendo?

—Lo suficiente para saber que le quiero y que... quiero irme a vivir con él —respondió hablándome al oído para que no le escuchasen los demás.

—¡Ufff! —exclamé—. Estás metiéndote en terreno pantanoso. ¿Sabe ya algo de eso tu padre?

—¿Tú que crees, abuelo? —se apartó un poco para mirarme.

—Pues que deberías contárselo cuanto antes. Apóyate en tu madre, eso te ayudará.

—No, ni loca lo hago. Mi madre no es que se haya preocupado mucho por mí en todos estos años. A ella le da igual lo que yo haga.

—Pues a mí no me mires. Ya sabes que tu padre, aún a día de hoy, no me ha terminado de aceptar. Y te recomiendo que tampoco me uses de ejemplo, no sería una buena idea.

—Pues para mí, tú y el abuelo Antonio habéis sido mucho mejor ejemplo de pareja unida de lo que ellos fueron jamás.

—No me refería a eso, Ruthy, sino a que soy chino como Yong.

—¿Y qué? —dijo—. A mí me encantan los chinos y más si son tan guapos como vosotros. También me gusta vuestra cultura y vuestro idioma y además ya era hora de que, aparte de ti, hubiera alguno más en la familia porque con la cantidad de ellos que pueblan este país mi familia me ha salido bastante racista, la verdad.

Me hizo soltar una carcajada y sí, llamaba la atención que en todos aquellos años ningún miembro de la familia se hubiera cruzado con alguna persona de otra raza; partiendo de la base de que más de la mitad de la población española, y desde hacía varias décadas, estaba formada por segundas y hasta terceras generaciones nacidas de inmigrantes, sobre todo, latinos, chinos y marroquíes.

Australia sin embargo, ya llevaba poblada por diversos grupos étnicos más de dos siglos. Y tal vez lo difícil fuera encontrar una familia donde ocurriera lo contrario; es decir, que esa mezcolanza no se hubiera llevado a cabo. Incluso en mi propio caso fue así.

Mi madre procedía de una familia de emigrantes chinos, que a mediados del siglo XIX llegaron a Australia y que trabajaron en aquel continente en plena fiebre del oro.

Durante aquellos años, la población anglosajona originaria organizó protestas públicas contra este tipo de inmigración. Eso fue debido al abaratamiento, como mano de obra en la explotación de las minas, que suponía con respecto a ellos; así como por las prácticas culturales propias del pueblo chino. Por esa razón fue cuando a finales de ese siglo se impuso la llamada "Australia blanca", donde la inmigración asiática fue excluida de las colonias australianas poniendo como excusa el mantener lo más intacta posible la pureza racial del continente.

33

La excepción, como en el caso de mi familia materna, fue la de los asiáticos que ya estaban allí dentro y que por suerte no fueron deportados.

Con el nacimiento de mi madre, a mediados del siglo XX, se empezó a otorgar la ciudadanía australiana a personas "no blancas" que residían desde hacía más de quince años allí, y solamente unos pocos años antes de mi nacimiento se abolió por completo aquella ley tan restrictiva, denigrante y racista.

De ese modo, podría decirse que yo tenía derecho a sentirme *aussie,* es decir australiano al cien por cien, como el que más; a pesar de la historia de la familia de mi madre y de mi mestizaje. Porque sí, mi sangre era mestiza al ser mi padre originario de Nueva Gales del Sur, australiano y blanco, tan blanco como aquella ley que dominó la vida de mis parientes chinos durante años y también racista, tanto como los gobernantes que la sostuvieron durante ese tiempo.

La torpeza y el furor juvenil de mi progenitor, le llevaron a dejar embarazada a una de las sirvientes de su familia. Pero aunque sus padres la despidieron al intuir lo ocurrido, para intentar ocultar así la vergüenza por tan lamentable acción, las visitas de él a mi casa se hicieron asiduas hasta que cumplí los doce años.

Después, la terrible enfermedad mortal de mi madre dejó sin refugio sexual y lúdico a mi jodido y no reconocido padre.

Desde el mismo instante en que mi madre murió fui consciente de varias cosas; primero, que estaba solo en la vida ya que el repudio familiar, por la parte china, fue el segundo golpe que recibió mi madre al preñarse de mí. Segundo, que necesitaba ponerme a trabajar para sobrevivir; de aquella manera, la industria minera fue mi refugio laboral y la mejor escuela de formación profesional que pude encontrar. Y por último, que mi pulsión sexual estaba dando comienzo y precisamente no hacia el camino que según mi madre tenía que tomar, sino hacia aquel

34

que los chinos aborrecían y hasta penaban desde el régimen comunista, el de la homosexualidad.

A partir de entonces, la clandestinidad en la mayoría de las relaciones esporádicas que yo mantenía era la norma; unas veces por la diferencia de edad entre mis amantes y yo, suficiente cómo para haber metido en la cárcel al adulto y a mí en un correccional de menores. Otras por recibir tratos de favor especial de alguno de ellos, en la mayoría capataces, jefes de obra y hasta directivos de multinacionales; siendo esa la manera en que obtuve casi toda la experiencia que tenía como electricista, interior de minas e industrial en obras de gran envergadura, sin tener que pasar por academias costosas que concedían la titulación oficial. Aparte de que algunos de esos amantes, me ayudaron también a conseguir entrar en las mejores empresas mineras del país, en las que durante quince años fui adquiriendo la suficiente categoría laboral como para verme recomendado a una de las mayores prospecciones que se produjeron en Australia a comienzos de este siglo, "El Proyecto Boommarang".

El trabajo en las minas era tortuoso, agotador, extenuante. Pero a ese nivel, y en un país como el mío, las compensaciones eran muchas; una pequeña casa con todo pagado en forma de *bungalow* independiente y cedida por el periodo de tiempo que durase tu contrato de trabajo, transporte subvencionado por el Estado hasta el punto urbano más cercano a la mina: que en el mejor de los casos podía distar doscientos cincuenta kilómetros como ocurría con *Broken Hill* en donde trabajé varios años seguidos, y a lo peor, como ocurría en el caso de Boommarang, ochocientos kilómetros hasta Broome, el enclave poblado más cercano y una de las ciudades más importantes de aquella extensa región, con un importante puerto marítimo y un aeropuerto que enlazaba con las principales capitales de Australia.

35

Otra de las compensaciones eran los sueldos, los cuales te permitían pensar en retirarte a una edad temprana; sin preocupaciones ni limitaciones durante el resto de los años que te quedasen de vida.

Pero como todo, también había cosas en contra; lo peor, y en eso estábamos de acuerdo la mayoría, la soledad.

Pensar que la distancia física y real con cualquier urbe era de al menos dos horas en una avioneta de veinte pasajeros que venía solamente tres veces por semana, podía volver loco a cualquiera.

"El Proyecto Boommarang" fue una macro inversión que supuso la explotación de las minas de minerales y extracción de petróleo que allí se descubrieron a comienzos del año 2012 y que por la forma del yacimiento en forma del famoso artilugio de los aborígenes australianos, recibió aquel nombre pronunciado en su propia lengua. Pero además, también dio lugar a la construcción, partiendo de cero, de una nueva ciudad con todos los servicios posibles que abasteciera a los trabajadores de la mina como si de colonos del Nuevo Mundo se tratara.

Recuerdo el día de mi veintiocho cumpleaños después de llevar subido casi dos horas a una de las torres de alta tensión. Allí estaba soportando el arduo trabajo y el jodido y peligroso sol australiano, sin que a mi jefe se le ocurriera nada más que decirme que; o terminaba el trabajo más rápido o me dejaba allí subido sin esperar para acercarme hasta las oficinas centrales, ¡menudo cabrón era cuando quería!

Reconozco que sólo se me escapan tacos cuando me cabreo en exceso, eso era algo muy mal visto por mi madre, pero es que aquel día la sesera se me estaba derritiendo literalmente bajo el puto casco.

Una hora después de bajarme de aquella torre, sentado en las escaleras que daban acceso al porche de mi *bungalow,* me esperaba Ahmad con una caja de cervezas *Toohey* heladas sobre las que me abalancé como si de un oasis se tratara.

Él siempre estaba esperándome con lo que más necesitaba en cada momento.

36

Un par de horas después terminábamos las últimas cervezas y llegaba el colofón a una de mis más agotadoras jornadas laborales; con ducha fría y un buen polvo como regalo de cumpleaños, en eso Ahmad también era muy bueno.

Nos conocíamos desde hacía unos meses. Él fue uno de los primeros oficiales de seguridad privada que habían llegado a Boommarang y que la empresa colocó en los solares dónde se estaban empezando a construir las primeras torres de apartamentos y oficinas que formarían parte de la nueva ciudad.

Cada pocos días, se turnaba junto con sus compañeros en el cargo de vigilante de explosivos de la mina según la normativa impuesta por el gobierno australiano, en aquellos años, a todas las empresas mineras con el fin de evitar robos de dinamita y otros explosivos que abastecieran a cúpulas terroristas; al igual que había ocurrido en otros países pertenecientes a la *Commonwealth*.

Ahmad era albanokosovar. Había participado como soldado en la Guerra de Kosovo y una vez llegado a Boommarang, con un permiso de trabajo temporal expedido por mi empresa, le concedieron los turnos de noche que él mismo prefería ya que no le costaba mucho esfuerzo ajustar los horarios de sueño y de vida a ellos.

Por aquel entonces yo me ocupaba, cuando caía la noche, de las instalaciones eléctricas de algunos edificios en construcción; de aquel modo podía sacar un buen dinero haciendo horas extra.

Las primeras veces que nos vimos, Ahmad se limitaba a hacer su vigilancia por las distintas plantas del edificio, saludándome con un simple y formal *"Good night"* que demostraba un dominio del inglés poco fluido.

Durante aquellos primeros saludos me dio tiempo a percatarme de sus rasgos faciales angulosos, su agraciado pelo corto, su atrayente barba de tres días, su porte altivo y su culo prieto.

37

Días después le siguió una invitación por mi parte a una taza de café caliente.

Sí, reconozco que me lancé yo primero; aunque la invitación fue aceptada de muy buena gana y con la certeza de que, con un simple vistazo, pretendíamos conocernos un poco más a fondo.

Los dos entendíamos y notamos que el otro lo sabía. Yo me vi reflejado en sus ojos claros y él hizo lo mismo en los míos ligeramente achinados.

A partir de la primera semana, pasamos de una cordial toma de contacto a confidencias, chistes e improvisadas ayudas en las que casualmente siempre terminaba palmeándome la espalda como si fuéramos dos buenos amigos después de terminar un partido de baloncesto; pero a sabiendas de que su única intención era tantear mi recia musculatura, que no se debía nada más que al duro trabajo que a diario yo realizaba dentro de la mina o en la obra.

Diez días exactos pasaron desde que me saludó por primera vez, hasta que sus palabras me llegaron susurradas al oído desde atrás.

Él me atacó primero, lanzándome contra la pared. Yo podría haberme resistido, ya que era ligeramente más alto que él, pero me dejé llevar cuando me agarró por los brazos y me los alzó por encima de la cabeza.

En ese preciso instante, plantó sobre mi boca sus carnosos labios albaneses internando su lengua en busca de la mía y regocijándose ante la evidencia de notarme casi más necesitado de lo que él mismo lo estaba.

El cinturón, de donde le colgaban la defensa rígida y los grilletes, se clavó en mi abdomen mientras me desprendió con premura de la camiseta. Pero incluso aquel contacto frío y metálico sobre mi piel descubierta se tornó propicio para relajar el ardor que nuestros paquetes henchidos deseaban descargar.

Al liberarle del cinto y desabrocharle el pantalón, toda la parafernalia anti-maleantes cayó al suelo de golpe. El empalme de Ahmad se hizo más que evidente cuando saqué, del interior de sus calzoncillos para calibrar entre mis manos, la verga tiesa que le latía clamando por ser sacudida. Le apacigüé, con un simple roce de mis dedos, sus endurecidos huevos provocándole un gemido que le permitió despertar del estado embriagado en el que se encontraban. No tardó mucho en querer disfrutar de mi cuerpo, girándome sin esfuerzo hasta hacer que mis manos se apoyaran contra la pared, en una postura que le invitaba a cachearme sin ánimo por mi parte de ofrecer resistencia alguna.

Él mismo se deshizo de su pantalón, arrastrando la ropa interior por el camino.

Después, desabrochando los botones de mi bragueta y de manera profesional fue palpando con sus manos para ver si escondía algo dentro de mis bolsillos. Recorrió con sus dedos la cinturilla de los *boxers*, mientras me bajaba todas las prendas de ropa que llevaba. Con una mano comenzó a palparme los testículos mientras con la otra revisaba entre mis glúteos.

¡Ahhh! Al introducirme por el ano sus dedos previamente humedecidos con saliva, supe que había sucumbido a Ahmad, a sus ojos, a sus manos, a su polla; pero sobre todo, al efecto dominante que ejercía sobre mí.

—¿Continúo? —me susurró al oído—. ¿O esperamos por goma? No llevo encima pero último control médico de visa da ok.

—Benditas revisiones obligadas que tranquilizan nuestras conciencias —respondí mirándole por encima del hombro—, yo pasé limpio la del trabajo hace un mes.

En ese momento y con otro lametón en su mano con el que humedeció su miembro, sentí como me penetraba apoyándose sobre mis hombros para acompasar su ritmo de embestida poderosa, intensa y, en cierto modo, hasta un poco salvaje.

39

- 5 -

Después del funeral de Tony, el primer fin de semana en España lo pasé a solas en la casa de su hijo mayor; lo cual agradecí.

Sergio había hecho una reserva para irse a una Casa Rural con sus dos hijas y Betty había insistido bastante en que yo les acompañase. Pero finalmente suspiré aliviado cuando se marcharon los tres juntos. Aquella muchacha debía pasar tiempo junto a su familia; y yo, realmente no tenía el cuerpo para viajecitos. Nunca había sido lo que más me había gustado hacer. Y no es que no hubiera viajado a lo largo de mi vida pero quizás esa animadversión al turismo, la cual compartía Tony conmigo, estaba en las distancias tan excesivas que se recorrían en mi país.

A mi memoria vino el día en el que Tony llegó a Boommarang. Había empalmado todos los vuelos que le llevaron desde Madrid y que le obligaron a hacer escalas en Londres, Dubái, Singapur y Perth, para acabar enlazando en Broome con la avioneta que le transportó hasta su destino final, la improvisada pista de tierra del aeródromo que tuvimos, en aquel recóndito lugar, durante los primeros cuatro años.

El jefe de obra de los edificios en los que yo llevaba trabajando los últimos tres meses, me dejó a cargo de ir a buscar a la mañana siguiente al nuevo arquitecto recién llegado de España. Tenía que enseñarle las instalaciones y llevarle ante nuestro jefe principal en Boommarang.

Resultó que a aquel europeo le habían concedido un *bungalow* independiente como a mí y solamente unos metros alejado del mío. Por eso fui el agraciado con aquel encargo, como una especie de niñera.

Cuando a la mañana siguiente llegué a su puerta, observé que el timbre no sonaba; por lo visto todavía no le habían desprecintado el contador individual, así que llamé a la puerta con los nudillos. Después de esperar un tiempo prudencial, y comprobando previamente que el pomo cedía ante mi intención, entré dentro de la casa avisando antes en alto para no pillar desprevenido al nuevo inquilino.

Dada la hora que era, me extrañaba que hubiera decidido salir hacia el trabajo tan temprano. Suponiendo además que no tendría ni idea de adonde dirigirse.

–¡Hola! –grité en voz alta–. ¿Hay alguien? Soy Lin, el vecino. ¡Hola!

El *bungalow* tenía la misma distribución que el mío, así que me dirigí hacia las habitaciones y, alumbrándome con una linterna que llevaba encima, vi un bulto dentro de la cama.

En ese momento una repiqueteante alarma de móvil empezó a sonar sin parar y aquel hombre despertó sobresaltado, encontrándose de golpe con el haz de luz de mi linterna apuntándole en toda la cara.

El grito que propinó me pilló desprevenido y, antes de que pudiera explicarle quién era yo y qué hacía allí metido en su cuarto, se levantó de la cama dirigiéndose hacia mí en actitud amenazadora.

–¡Tranquilo, tranquilo, soy vecino tuyo! –dije levantando las manos en señal de defensa–. Eres Antonio Ledo, ¿verdad? He venido a por ti para acompañarte al trabajo.

Al oír su nombre paró en seco y la mirada amenazante se difuminó, aunque se mantuvo sin contestar.

–Antonio, ¿eres Antonio Ledo? ¿Me entiendes? ¿Hablas inglés? –pregunté vocalizando lentamente para que me comprendiera mejor.

–Sí, sí te entiendo. Yo soy Antonio Ledo pero, ¿quién eres tú?

41

—Mi nombre es Lin Mài, soy vecino tuyo y trabajamos en la misma empresa. Me han pedido que viniera a por ti para enseñarte las instalaciones y llevarte a la oficina del jefe.

—¡Oh vaya, lo siento! —dijo estirando la mano para chocármela—. No esperaba que nadie viniera a por mí y menos a estas horas, ni siquiera ha amanecido aún.

—Ya, perdona por irrumpir de esta manera pero aporreé la puerta y no contestabas —justifiqué mientras mantenía el apretón de manos—. Me imaginé que tendrías la nevera vacía y pensaba llevarte temprano a desayunar algo a la cantina, es el único sitio donde se puede alternar un poco en todo Boommarang. Aunque por lo que veo hice bien en venir antes, no te han conectado el contador de la luz todavía y no tendrás agua caliente.

—Sí, por desgracia me di cuenta de eso ayer pero estaba tan cansado del viaje que no me preocupé ni en deshacer las maletas. ¡Dios, habré dormido como catorce horas seguidas! Y desde que salí hace tres días de Madrid no he pisado una ducha.

—¿Has hecho el viaje de un tirón? —pregunté sorprendido—. ¡Eso es una machada, estás hablando de casi... cincuenta horas de viaje, por lo menos! ¿Con todas las escalas que has tenido que hacer, no se te ocurrió dormir en algún hotel de aeropuerto?

—Me temo que mi presupuesto no daba para más —dijo restregándose los ojos—. Disculpa mi aspecto, me daré una ducha fría. No tardo. Si no te importa esperarme, acomódate donde puedas, estás en tu casa.

—Si lo prefieres puedes venir a la mía y te la das caliente, está aquí al lado. Mientras yo preparé algo para desayunar, hago buen café y unos huevos revueltos bastante decentes.

—Sería estupendo pero no quiero abusar de tu confianza —respondió.

—No digas tonterías, ayudarnos unos a otros es lo único que nos queda en este sitio. Y esta tarde cuando vuelva del trabajo, si no te han mandado a nadie, te conectaré la luz general y revisaré la caldera. A veces tardan unos días en aparecer por aquí y más cuando llegan nuevos pobladores de golpe.

—¿Puedes hacerlo? —preguntó dudando—. Quiero decir, ¿no dirán nada por haber manipulado los contadores?

—Soy electricista interior de minas, además ya me conocen. Si dijeran algo les dices que he sido yo y nada más.

Nos dirigimos a mi casa después de coger su ropa y cosas de aseo. Se duchó y terminó de arreglarse justo cuando acabé de hacer los huevos.

Al salir con la cabeza todavía un poco mojada, su pelo parecía más negro de lo que pude percibir en un principio y sus esporádicas canas plateadas le resaltaban el semblante. Al estar recién afeitado, mejoraba su aspecto considerablemente, aún se notaba cómo su cutis moreno absorbía poco a poco el *after shave*. Y el perfume cítrico, masculino y penetrante que llevaba encima, superó al olor del pan recién salido de la tostadora. Llevaba puesta una camisa de rayas y manga larga sin corbata, mocasines de ante negro y pantalón de pinzas oscuro. Era sólo unos centímetros más alto que yo y aparentaba unos cuarenta años. Físicamente bien conservado, tanto de cuerpo como de cara, y unos ojos que en el momento en el que descansara un poco más y se le difuminaran las ojeras, dejarían entrever un par de hermosas pupilas negras rodeadas de espesas pestañas.

—¿Pasa algo? —dijo mirándose la camisa en busca de alguna mancha o algo parecido—. Quizás está un poco arrugada, ¿es eso? —comenzó a alisarse con la mano, la manga izquierda, sin mucho éxito.

—No, sólo me fijaba en que se nota de lejos cuando se ve a un técnico —mentí.

–¡Ah! –sonrió por primera vez, mostrando una dentadura bien alineada y unos labios carnosos que me resultaron en extremo apetecibles–. ¿Lo dices por la vestimenta? Ya sabes, hay que dar buena imagen el primer día. Seguro que mañana me ves con el casco puesto, las botas y los vaqueros y se te distorsiona la imagen.

–Lo dudo –solté mi pensamiento demasiado rápido y en alto–, aunque quizás sería buena idea que cogieras algo de ropa de cambio, sobre todo de manga corta; al mediodía hará una humedad y un calor endemoniados. Aquí las temperaturas oscilan bastante de la noche al día y más en esta época del año.

–Lo tendré en cuenta –dijo acercándose hasta la barra americana que separaba el salón de la cocina–. Me hubiera apañado con un café y un par de tostadas pero, ¡hummm, esto huele realmente exquisito!

–Sírvete lo que quieras –dije pasándole el plato y unos cubiertos mientras aprovechaba para mirarle las manos–. Veo que estás casado.

Mi indiscreción hizo que se mirase su anillo dorado antes de esconder la mano.

–En cierto modo –respondió amagando una sonrisa.

En vista de su falta de ganas de aclararme nada más, comenzamos a desayunar.

Después de la segunda taza de café, de esperarle para que cogiera la chaqueta, algo de ropa de cambio y montarnos en mi coche, nos fuimos de camino al trabajo.

El tour por los alrededores de las obras principales que ya estaban empezadas, no nos llevó demasiado tiempo.

–Cuando ya estés ubicado y te apetezca, te enseñaré las minas. Están un poco alejadas de la zona de construcción y nos llevará toda una mañana verlas.

–¿Desde cuándo trabajas en ellas?

—¡Ufff! Ya casi ni recuerdo. Tenía doce años cuando comencé en las que la compañía tiene en la zona sur, cerca de Adelaide. Allí empecé como peón cargando material, haciendo de intercomunicador entre el exterior y el interior y yendo allí donde me necesitaban; ya sabes, conociendo la mina y sus tripas.

—Es un trabajo duro para un niño —dijo.

—Sí, pero al menos tenía algo. Ganaba un poco de dinero, había comida segura y una cama donde dormir. No era el único de mi edad y poco a poco me gané el puesto de ayudante de picador y fui haciendo... contactos que me enseñaron el oficio de electricista de explotación interna y algunas cosillas para hacer en las obras a cielo abierto. Después me especialicé y, cuando alcancé la mayoría de edad, la compañía me mandó a Kalgoorlie, Tom Price; en fin, a moverme de mina en mina por todo el país. Cuando me enteré de esta nueva explotación y de la envergadura del proyecto que tenían pensado, no lo dudé y me ofrecí también como electricista en altura. Por eso compagino los dos trabajos; paso varias semanas bajo tierra y otras subido a una torre a pleno sol o trabajando dentro de los edificios.

—¿Qué años tienes Lin? Pareces muy joven para tanta experiencia.

—No tanto —dije frunciendo el ceño—, ¿cuántos me echas?

—Suerte que no estoy ante una mujer a la cual ofendería seguro, no soy muy bueno para las adivinanzas. Digamos que... unos treinta — titubeó.

—¡Casi aciertas! Tengo veintiocho. Realmente este sol infernal no es nada bueno para mi cutis, ¿y... tú cuántos tienes?

—Cuarenta y cinco en unos meses —confesó.

—Pues habrá que celebrarlo —dije sonriendo.

Sin desconectar el motor del coche, me paré frente a las casetas de los técnicos, ingenieros y arquitectos que ya habían comenzado su actividad diaria.

—Ya hemos llegado. Aquí encontrarás al gran jefe y a su equipo. Este es mi número de teléfono —dije después de alargarle un trozo de papel donde lo había garabateado— y ya sabes donde vivo. Esta tarde me paso por tu casa y te conecto la luz general. No te preocupes, el cajetín y la caldera están en el jardín trasero y no tengo que entrar en la casa. Aún así, para lo que necesites sabes donde encontrarme.

—Espero entonces que me aceptes unas cervezas, es lo menos que puedo hacer después de tu ayuda y de haberte ocupado de mí —dijo antes de bajarse.

—Eso está hecho —contesté.

—Gracias de nuevo, Lin, por todo —me alargó la mano para chocármela—. No vemos esta tarde.

Y con una ligera inclinación de cabeza que hice, esperé a que saliera del coche para marcharme.

- 6 -

Entre sueños, noté a alguien zarandeando mi brazo con insistencia. Cuando abrí los ojos, me sorprendió ver al hijo pequeño de Tony vocalizando sin apenas escuchar lo que decía.

Le pedí con la mano que esperase hasta que conseguí incorporarme de la cama con cierto esfuerzo. Hubiera jurado que la noche anterior me quedé dormido en esa posición en la que ahora despertaba.

—¡Lin, me habías asustado! Llevo media hora insistiendo con el timbre, aporreando la puerta y llamándote al intercomunicador. Veníamos para llevarte hoy domingo a comer fuera. Al final, Martina ha tenido que ir a buscar la copia de las llaves de esta casa. ¿Tomaste alguna cosa para dormir o sólo es *jet lag*?

—Sí bueno, eso y que parece ser que cada vez escucho menos por este oído.

—¡Tienes que hacértelo mirar, Lin! Mañana le diré a Betty que te acerque al hospital y te verá un amigo mío. Seguro que hace mucho que no te revisas.

Javier en parte tenía razón. Desde lo acontecido en la mina, a los pocos días de llegar Tony a Boommarang, no había querido volver a ocuparme de los oídos.

La verdad es que para lo que fue aquel percance, durante años mantuve una audición relativamente buena. Aquel día, una de las cargas de los artilleros hizo explosión antes de tiempo, pillándonos

47

desprevenidos a varios. Ese particular episodio me tuvo algunos días metido en la clínica del campamento de Boommarang, donde únicamente me podía comunicar con la gente si me escribían en un papel.

La clínica provisional estaba formada por varios módulos de obra, habilitados con los medios necesarios para ingresos de enfermos que no necesitasen el traslado urgente a una ciudad más poblada e incluso con un pequeño quirófano para poder salir del paso en alguna emergencia.

Otros dos operarios de la mina también quedaron afectados por el incidente y permanecieron ingresados junto a mí. Y aunque la comunicación entre nosotros fue imposible, al menos me hacían compañía; tanto ellos como sus mujeres, quienes vinieron a verles cada día de todos los que pasaron allí metidos.

Ambos recibieron el alta un par de días antes que yo, ya que sus mareos habían remitido pronto y prácticamente no escuchaban pitidos que les taladraran el cerebro como a mí.

La soledad era algo con lo que me encontraba a gusto la mayoría de las veces; pero el hecho de no poder escuchar nada más que mi conciencia y aquellos malditos acúfenos, me empezaba a superar.

La primera tarde que me quedé completamente solo en aquel dispensario médico similar a un barracón de hospital militar, con camas corridas y separadas por cortinas que guardaban la intimidad entre los enfermos, me sorprendí al verle entrar por la puerta. Tuve que levantar y mover el brazo enérgicamente para que se pudiera percatar de mi presencia.

Cuando me vio allí tumbado en la cama, caminó sorprendido hacia mí mientras decía algo en alto; así que tuve que indicarle, mediante gestos, que no escuchaba absolutamente nada de lo que decía.

La sonrisa que se dibujó en mi rostro, la achaqué a la alegría de poder ir a comunicarme con alguien aparte del médico o las enfermeras

48

que me atendían; por lo que alargándole un pequeño bloc de notas para que leyera, le escribí:

"No puedo escucharte bien."

"¿Qué haces aquí?" —escribió a su vez quitándome de las manos el bloc y el bolígrafo.

—Falló un cartucho de dinamita dentro de la mina y explotó antes de que pudiéramos salir del radio de acción y protegernos —le dije en voz alta, escuchando el sonido enlatado de mis propias palabras dentro de mi cabeza.

"Había oído algo pero no me podía imaginar que tú fueras uno de los afectados. ¿Cómo te encuentras?" —volvió a escribir.

—Algo mejor. Tengo un barotraumatismo que me ha perforado la membrana auditiva, pero ya no sangra y los antibióticos y corticoides que me inyectan parece que van surtiendo efecto. ¿Y a ti qué te pasa?

"No, a mí nada. Tenemos que revisar los planos para el proyecto del hospital y andaba buscando a los médicos. ¡Oye, pues llevas ingresado unos cuantos días!"

—Cuatro —señalé con los dedos—. Aún no me dan el alta porque sigo con vértigos y unos pitidos constantes que no me dejan ni pensar, pero en cuanto pasen me han dicho que la recuperación la puedo hacer en casa, aunque estaré un poco sordo durante algún tiempo.

"¿Necesitas que te traiga algo de tu casa o quieres que llame a alguien por ti?" —se ofreció.

—No gracias, Tony, estoy bien —aquel diminutivo de su nombre se me escapó sin querer.

El médico en ese momento entró en la sala y se dirigió junto con el otro arquitecto que le acompañaba hacia donde estábamos nosotros.

"Ok, Lin, ahora me tengo que ir. Déjame tu móvil" —escribió en el bloc y luego alargó la mano para que se lo diera.

Abrí el cajón de la mesilla y tras encenderlo se lo pasé. Tecleó algo en él y me lo entregó de vuelta. Después, levantando la mano en señal de despedida, esbozó una sonrisa al tiempo que vocalizaba, *"See you"*.

A los pocos minutos de irse, el móvil vibró en mis manos. Tenía un *whatsapp* de Antonio Ledo:

"Espero que te mejores pronto. Mañana me paso a verte. Cuídate. Tony" –sonreí ante la idea de que no le molestara que me hubiera dirigido a él llamándole así.

Después de hablar con Tony y terminar de comer, caí en un sueño profundo. No sabría decir cuánto tiempo me había quedado dormido, pero ya había oscurecido y me resultaba extraño que con aquel aire acondicionado hubiera moscas en la clínica que me molestaran con su roce cerca de la oreja.

Para mi sorpresa, cuando abrí los ojos del todo, la tenue luz de una lamparita de lectura me permitió ver a Ahmad oscilando un bloc de notas delante de mis narices mientras vocalizaba algo pegado a mi oído y yo escuchaba en la lejanía sus palabras sin entenderle nada de lo que decía. Al final desesperado por ver que no le contestaba y viendo que le pasaba un bolígrafo que había sobre la mesilla, cogió el bloc y escribió en su torpe e ilegible inglés: *"Who Tony?"*

–Un amigo –le respondí.

"¿Amigo? Si yo soy único amigo tuyo" –escribió mientras apretaba la mandíbula.

–¡Vete a la mierda! ¿Qué coño quieres? –le contesté en alto.

En ese momento me propinó un guantazo con la mano abierta que prácticamente no sentí debido a los analgésicos que me estaban dando pero que consiguió desorientarme un poco.

En sus ojos vi la chispa que tantas veces le había visto encendida momentos antes de follarme y que especialmente le estimulaba si estábamos en algún lugar comprometido en el que pudieran llegar a pillarnos.

El hecho de no permitir que eso ocurriera y que pudiese suponer mi despido inmediato y la consecuente pérdida de reputación laboral que me había ganado con tanto esfuerzo, lo controlaba con esmero con cada uno de los amantes que había tenido en mi vida; empezando porque en mí no se apreciaba ninguna suerte de amaneramiento gratuito que pudiera alertar a nadie sobre mi inclinación sexual y segundo, porque me gustaba mantener relaciones discretas y absolutamente nada expuestas a ojos externos.

Pero todo ese cuidado que había puesto siempre, no funcionó con Ahmad. Desde nuestro primer polvo en la planta del edificio en el que yo trabajaba, supe que esa iba a ser nuestra rutina de encuentros; dentro de su oficina de vigilante nocturno, en ocasiones a cielo raso bajo la luna en alguno de los descampados que rodeaban el campamento y muchas otras veces ofreciéndonos mamadas mutuas dentro de las cabinas de las máquinas de obra cuando todo el mundo se había ido.

Sí, con Ahmad me había expuesto mucho más que con cualquier otro y eso empezaba a ser más adictivo para él que para mí.

"Tú sabes lo que quiero y lo quiero ya" –escribió Ahmad. En ese momento me agarró de la cabeza mientras se desabrochaba la cremallera del pantalón con la otra mano, forzándome a pegar mi cara contra su pelvis. Le aparté con un golpe, consiguiendo escabullirme de la cama y saltar de ella. Pero el vértigo regresó y la cabeza comenzó a darme vueltas, haciéndome perder el equilibrio y caer de rodillas al suelo.

Volví a sentir un golpe seco, esta vez propinado en el costado izquierdo con su bota, que me pilló desprevenido y me hizo exclamar un grito que me llegó amortiguado a los oídos. Segundos después le tenía a mis espaldas, tirado en el suelo y pegado a mí, bajándome el pantalón de pijama que me habían dado en la clínica y follándome tan salvajemente como era costumbre en él.

Su aliento olía a alcohol y cuando por fin se corrió dentro de mí únicamente pude decirle:

−¡Lárgate ya de una puta vez!

Esperé un rato para poder girarme, fijándome cómo justo antes de caminar hacia la puerta de la sala, en la que nos encontrábamos completamente solos, regresaba hasta la mesilla subiéndose la braqueta para escribir algo más en aquel bloc de notas.

Después de ver cómo se marchaba y conseguir subirme los pantalones, logré erguirme lo suficiente para volver a tumbarme en la cama mientras la cabeza no paraba de darme vueltas.

Estirándome lo que pude, tomé la libreta y leí lo que había escrito en ella:

Lamento ir. No me gusta. Hasta pronto.

Como siempre Ahmad y su puto inglés mal aprendido. En ese momento no supe si se arrepentía de lo que me hizo o realmente quien no le gustaba era Tony. Pero sinceramente no me importaba lo mas mínimo, ni creía en su arrepentimiento ni deseaba que Tony y él llegaran a ser amigos nunca.

- 7 -

Comí con Javier y Martina en un asador cercano a la casa de Sergio, degustando la carne de cordero de la que siempre me hablaba Tony pero que realmente a mí no es que me supiera a nada, acostumbrado como estaba al recio sabor del cordero neozelandés.

Él rara vez lo probaba cuando yo lo preparaba en nuestra casa, porque decía que no soportaba su sabor tan fuerte. Y daba igual que se lo intentase camuflar con kilos de jalea de menta o salsa de frambuesa, era apreciar su olor desde la puerta y tener que comérmelo yo solo.

Las veces anteriores que habíamos estado juntos en España había sido de vacaciones. Viajábamos alrededor de Europa y la parada en Madrid era obligatoria para poder estar con sus hijos durante un tiempo. Sin embargo, siempre me daba la sensación de que pasados esos días él quería salir huyendo, literalmente, de su país.

Los recuerdos que Tony tenía de su España natal, desde que había salido como emigrante, no es que fueran demasiado agradables; además, estaba convencido de que la primera mitad de su vida estuvo motivada por el hecho de tener que ir a encontrarse conmigo.

Salvo sus hijos y su ex mujer, Tony no tenía más familia cercana ni tampoco demasiados amigos con los que quedar, a su regreso, para recordar viejos tiempos; así que nos limitábamos a quedar con sus hijos, cuando estos podían, para comer o cenar entre excursión y excursión, tours fotográficos y noches de paseo por la ciudad.

53

La relación de Tony con su hijo Javier siempre había sido más cerrada y confidente que la que tenía con su hijo mayor. Javi también me aceptó mejor desde que me conoció y no sufrió tanto el trauma que pasó su hermano el primer día que su padre les cogió para explicarles quién era yo realmente en su vida y qué tipo de relación manteníamos.

Javier fue mucho más tolerante, comprensivo y delicado con nosotros. Tony siempre cuidó mucho el contacto que ellos tenían conmigo; en cierto modo temía que pudieran llegar a herirme, ofenderme o incluso apartarme de su lado.

Sin embargo, el hecho de que yo llevase mi condición homosexual en secreto y más en el ambiente de trabajo tan machista en el que me movía, no había evitado que algunas personas me ofendieran en numerosas ocasiones; empezando por mis propios amantes, y no sólo de manera verbal. El por qué yo se lo permitía, era algo que no lograba comprender del todo.

En la adolescencia y con mis primeras experiencias sexuales, consentía el sometimiento porque era algo excitante y, quizás la dominación por parte del otro, llegaba a hacerme sentir querido aunque sólo fuera durante una momentánea mezcla de fluidos.

Afortunadamente nunca me llegué a enamorar de ninguno y tal vez eso fue lo que me salvó de caer en una espiral de malos tratos. Por suerte tampoco era mujer y las relaciones, gracias a mi fortaleza física en comparación con aquellos a los que se les iba la mano, duraban lo que yo les aguantaba, nunca más de seis meses. Sin embargo, con Ahmad había pasado ese tiempo y todavía no había roto.

Al día siguiente de la fatídica noche de Boommarang en la que Ahmad me visitó mientras seguía convaleciente por lo del oído, Tony volvió al hospital como prometió. Nada más acercarse a mí, se dio cuenta de la marca que tenía en la cara.

54

"¿*Te has dado un golpe?*" —escribió en una hoja del bloc de notas que me preocupé más tarde de romper en mil pedazos.

—Anoche giré y me caí de la cama pero no es nada —respondí.

"*A perro flaco todo son pulgas*" —nos reímos un rato mientras intentaba explicarme el significado de aquel típico refrán español—.

"*Según el médico, mañana te dan el alta hospitalaria; aunque no podrás trabajar hasta que dejes de tener vértigos. Le he dicho que me avisen antes y paso a recogerte para llevarte a tu casa.*"

—¿Ya te han dado un coche los de la empresa? —le pregunté.

"*Sí, no es un pick-up como el tuyo pero tiene tracción a las cuatro ruedas.*"

—¿Y te han convalidado la licencia de conducción tan rápido? Mira que no sé si fiarme. Aquí no hay mucho tráfico pero a ver si vamos a acabar estampados contra alguna valla. Recuerda que conducimos al contrario que en tu país.

"*¡Dame una oportunidad!*" —escribió, mirándome después con cierto aire de encubierta seriedad—. "*Tengo que practicar para cuando me toque ir a la gran ciudad.*"

—Haz conmigo lo que quieras, total con este mareo no voy a ver ni la carretera.

"*¡Pues sí que vas a ser de gran ayuda!*" —me mostró en la hoja sonriendo.

Al mediodía siguiente Tony vino para recogerme. Y lo último que deseaba que ocurriera, pasó; Ahmad estaba esperándome, sentado en las escaleras del pequeño jardín delantero de mi casa. Mi cara se transformó al verle cuando descendí del coche.

Le pedí a Tony que no se bajase pero fue inútil, antes de que me diera cuenta estaba cargando mi mochila de trabajo y sujetándome por el brazo para ayudarme a no perder el equilibrio.

Ahmad se dirigió hacia nosotros, mordisqueando el mondadientes que siempre tenía metido en la boca y no me quedó más remedio que presentarles:

—Tony, te presento a Ahmad —dije con un ligero movimiento de cabeza.

Tony se colgó la mochila a la espalda para poder chocar la mano con él mientras este le miraba con sus ojos fríos y desconfiados y una abrumadora seriedad en el rostro, retirándole la mano en cuanto pudo.

Sin mediar palabra, Ahmad hizo un ademán hacia la bolsa para que se la diese y poder pasar conmigo a la casa. Yo a su vez le di las gracias a Tony, por el detalle de haberme ido a buscar al hospital para acompañarme, despidiéndome de él.

Una vez dentro de casa y después de ir a la cocina a buscar un vaso de agua para tomarme un par de comprimidos que me ayudasen a evitar el vértigo, le pregunté:

—¿Cómo coño te has enterado de que me daban el alta hoy?

Hablándome un poco más alto de lo normal ya no necesitaba que hicieran uso de las notas.

—No sólo tu Tony puede enterar de cosas.

—Ahmad, ¿se puede saber qué te ocurre? Ya te he dicho que es un amigo, nada más. Hace poco llegó del extranjero, como tú hace unos meses. Me dejaron encargado para llevarle a la obra y no conoce a nadie. Resulta que el otro día pasó de casualidad por el hospital y me vio.

—¡Ya! ¿Y esperas que yo creer eso? ¿Acaso tomas por idiota? —tiró la mochila que aún tenía sujeta en la mano y se acercó a mí agarrándome por la mandíbula con fuerza y obligándome a que le mirase.

56

—Suéltame ahora mismo, Ahmad —dije cogiéndole por la muñeca.

—¿Y si no hago? —me retó con la mirada, girando la cara para escupir el palillo al suelo.

Me había dado cuenta de que el juego de dominación de Ahmad empezaba a no gustarme. Pero en ese momento fui consciente de que debido a aquella sensación tan desagradable de mareo continuo, no estaba en condiciones de ejercer un papel de autodefensa, como solía hacer en estos casos, para poder terminar con la relación y la humillación que me propinaba el tío con el que estuviese en ese momento.

Ahmad comenzaba a darme miedo y eso era algo que nunca antes había sentido con ningún otro. Lo achaqué a la merma sensorial que sufría, debido al accidente, y preferí dar un vuelco de ciento ochenta grados al momento tan tenso en el que estábamos inmersos, evitando así males mayores.

Le solté la muñeca y bajé la mano, comenzando a tantear su paquete en busca de la erección garantizada que sabía que tendría. Lentamente le desabroché el pantalón y, en el momento que echó la cabeza hacia atrás cerrando los ojos, me agaché de rodillas delante de él para introducir su verga crecida dentro de mi boca hasta conseguir que derramara todo su semen dentro de ella.

Mucho más calmado y después de tomarse una cerveza y marcharse para dejarme en paz, conseguí tumbarme en el sofá tratando de que el ligero vértigo, que empezaba a notar, me permitiera pensar en la manera de acabar mi relación con él de una vez por todas.

- 8 -

Cuando terminamos de comer, en el asador al que me llevaron aquel domingo el hijo pequeño de Tony y su mujer, le pedí a Javier que me acercara con el coche hasta el cementerio.

–¡Lin, estuvimos allí hace sólo un par de días! ¿No prefieres descansar un poco y volvemos la semana que viene? Además, no sé si estará abierto los domingos por la tarde.

–Creo que los domingos no cierran hasta las siete –intervino Martina.

–Necesito estar un rato a solas con él –dije con la mirada perdida a través de la ventanilla.

Javi terminó cediendo y se desvió. Cuando llegamos, hicieron el amago de bajarse conmigo pero les dije que se fueran y que tomaría un taxi de vuelta a la casa de Sergio.

–No os preocupéis, estaré bien –tuve que repetirles un par de veces para que dejaran de insistir en esperarme.

–¿Seguro Lin? Mañana te quiero ver en el hospital por la tarde, no pongas excusas, ¿de acuerdo? –levanté el pulgar como mera respuesta y esbocé una sonrisa en señal de aprobación–. ¿Te acuerdas en qué lugar está el nicho? Ten en cuenta que aún están esculpiendo la losa.

–Sí Javi, me acuerdo de dónde está.

–Toma Lin, aquí te he apuntado la dirección de Sergio para que se la des al taxista.

–*Ok*, gracias Martina. Ahora iros tranquilos –tuve que insistir un poco más–. ¡Venga, marcharos!

58

Les despedí con la mano mientras se alejaban y me encaminé hacia una floristería ambulante que había, justo antes de atravesar la entrada principal, para comprar un par de rosas rojas.

Tuve que caminar un rato hasta encontrar el lugar que buscaba y en cuanto llegué frente a su nicho las lágrimas afloraron irremediablemente.

—¡Hola mi amor! —planté un beso sobre mis dedos y los posé sobre aquella fría e impersonal cubierta hermética, que nos separaba a ambos, en donde únicamente ponía su nombre escrito con un vulgar rotulador—. Te traigo unas flores —me mantuve allí parado, enfrentando la mirada a aquella tapa, con los ojos emborronados por la tristeza y los recuerdos.

Sinceramente me sentía solo, más solo de lo que nunca había estado.

Los veintitantos primeros años que había vivido antes de conocerle, no me había sentido más solo jamás de lo que me sentía en las últimas dos semanas desde su fallecimiento.

—Tony, creo que no lo voy a poder superar. Te echo muchísimo de menos. Te quiero conmigo.

Tuve que sentarme en la tumba que quedaba frente a él, para descansar mi pena.

Bendecía cada día que había pasado a su lado, él fue la fuerza interna que me permitió acabar con Ahmad y con todos los malos recuerdos de mi infancia, quién me enseñó a continuar con nuestra vida sin mirar atrás, quién me ayudó a educar mi auto estima aceptándome frente a los demás sin cortapisas, sin miedos y sin sometimientos. Quién me trató con cariño y respeto desde el primero hasta el último de sus días.

—No paro de recordar en estos días a Ahmad, cariño. Si no hubiera sido por ti quizás no estaríamos aquí ahora. Quizás no me lo habría podido quitar de encima, y tú y yo no hubiéramos podido disfrutar de todos los maravillosos años que hemos pasado juntos. Me pediste que aguantara y sé que has hablado con los chicos y con Betty pero me veo incapaz de superar esta vida sin ti, amor, te lo juro, no creo que pueda conseguirlo. Y por lo menos aquí, en este lugar, te tengo en parte; pero a mi regreso a casa no tendré más que tus fotos y nuestros recuerdos, y yo con eso no puedo vivir, sé que no voy a poder hacerlo. Necesito que estés a mi lado, te necesito junto a mí. No duermo bien si no estás cerca, no sé de qué hablar sino es de ti, no quiero pensar nada más que en ti y no quiero continuar esta vida si no es contigo. Creía que había tomado la decisión adecuada al traerte cerca de los chicos y poner distancia física entre tú y yo, pero me equivoqué.

Dejé caer mi mirada sobre las dos alianzas de platino que llevaba en mi dedo, la suya y la mía y recordé el tiempo que tardó en quitarse la dorada que le unió durante muchos años a su esposa.

Tras mi incorporación al trabajo, después de darme de alta los del hospital provisional de Boommarang, y teniendo que evitar las alturas y la mina por prescripción médica, Tony y yo nos veíamos a menudo en la obra.

Yo tenía que revisar como encargado, junto a él y los jefes de obra, los planos donde estaban los pozos de cimentación que rellenábamos con hormigón; trabajo que mi jefe me había adjudicado hasta que me hubiese recuperado de los oídos por completo.

Una tarde, viendo que Tony seguía llevando el anillo de bodas puesto y que ni siquiera en la obra se lo quitaba, decidí volver a preguntarle.

—Eso de estar casado "en cierto modo" que me dijiste un día, ¿a qué se refería? O estás casado o no lo estás.

—Sí, ya, bueno —mientras evitaba mirarme a la cara directamente comenzó a rebuscar dentro de su portafolios—, en mi caso... se podría decir que estoy menos casado que hace unos meses.

–Pero tu mujer vive, ¿no? –en ese momento caí en la cuenta–. ¡Ay lo siento, Tony, he sido un indiscreto y he metido la pata, lamento el error!

–No, no soy viudo si es lo que piensas, que va –sonrió ligeramente para quitarle hierro al asunto–. Es que estoy en plena separación. Bueno, al menos eso es lo que yo creo. Verás, justo cuando le iba a contar a mi esposa que me venía para Australia, con un contrato de trabajo en firme y la posibilidad de tantear el terreno para que después ella y los chicos se vinieran para acá, me soltó que quería la separación. Por eso ahora mismo, como no lo tengo muy claro, no sé ni cual es mi estado civil.

–¡Ah, entiendo! –reculé un poco para apoyarme contra el andamio–. Igual la distancia hace que se lo piense mejor y termina animándose a empezar una nueva vida aquí contigo.

–Quizás, quién sabe –dijo recogiendo todos sus planos y bebiendo un trago de una botella de agua que tenía sobre la mesa–. Pero lo dudo, conociéndola pensará que en vez de buscar una salida digna a la crisis que sufrimos en nuestro país, lo que he hecho ha sido huir despavorido. En fin, una separación es lo que quería y eso es lo que tiene. Más lejos de ella ya no me podía haber ido.

–¿Y dices que tenéis hijos? –quise saber una vez que había decidido sincerarse conmigo.

–Sí, dos varones. Sergio que es el mayor y Javier.

–¿Y cómo llevan lo de vuestra separación y el que te hayas venido a vivir tan lejos?

–Bueno –hizo un mohín con la cara– de lo primero no es que sepan mucho todavía, al menos por mí. Y en cuanto a lo segundo, no lo llevan demasiado bien; soportar a su madre estando ellos solos no es fácil pero al menos les he evitado las peleas que no paraban de ver últimamente.

–¿Qué años tienen?

–Sergio veinte, estudia derecho y cuando acabe la carrera quiere opositar para ser juez. Y Javier tiene dieciocho y empieza medicina este año. Mira aquí llevo una foto de ellos.

Me acercó su cartera abierta y vi la imagen de dos chicos sonriendo en la playa que se parecían mucho a él, aunque el mayor era bastante más rubio que su padre.

Permanecí allí en el cementerio, con la cabeza hundida entre las manos, permitiéndome vaciar más gotas saladas a medida que venía a mi mente el momento preciso de nuestro flechazo.

Habían pasado casi tres meses desde la llegada de Tony a Boommarang y mi audición había mejorado bastante. Los vértigos y los acúfenos desaparecieron progresivamente a lo largo de la primera semana de recuperación que estuve en mi casa y el médico autorizó mi vuelta al trabajo mientras no fuera estando a demasiada altura, ni bajo tierra; al menos hasta que valorase que escuchaba como siempre, al cien por cien, y que mis oídos estaban completamente curados.

Entrar a la mina o andar rodeado de cableado de día suponía el riesgo de que, entre todos los ruidos y peligros de una obra, no escuchara bien la alerta ante cualquier problema que aconteciera. Así que mi jefe me propuso elegir entre trabajar en las oficinas archivando papeles o, como confiaba plenamente en mí, colocarme de capataz del hormigonado para la cimentación de los edificios.

Lo mío era el trabajo de campo, así que decidí aventurarme a lo segundo y de paso aprender otro oficio.

Todo aquello permitió que Ahmad recuperase el control sobre mi vida, al tenerme controlado de día durante las horas de trabajo y metido entre las sábanas por las tardes cuando se le antojaba venir a visitarme.

Las broncas con él a costa de sus celos enfermizos fueron en aumento. Evidentemente tenía claro que aquello no era por amor, tampoco es que yo estuviera enamorado de él; pero creo que lo que me mantenía atado a aquella situación era la pena que me daba verle como inmigrante sin residencia definitiva, lo que en cierto modo me recordaba a mi madre y por eso no quería comportarme con él como los blancos lo habían hecho con ella.

Una tarde de mediados de julio cuando ya anochecía, Ahmad llegó a casa sin previo aviso, un poco bebido y uniformado para irse directamente a trabajar, pues esa semana comenzaba turno de custodia del armero en el que se guardaban los explosivos para la mina.

Nada más abrir la puerta se me abalanzó encima y comenzó a meterme mano mientras me besaba tan fuerte que llegó incluso a morderme el labio inferior.

—Tranquilo, despacio, no seas bruto —le dije medio empalmado por ese arranque de pasión que le había entrado. Decididamente aquel uniforme me ponía cachondo y mucho—. ¿A qué viene tanta euforia y esta visita tan inesperada? ¿No tenías que estar ya en el trabajo? —le pregunté mientras me fijaba en que se había dejado la puerta de la entrada completamente abierta.

—Quiero proponer algo y no podía aguantar más para decir. Quiero vivir contigo, como pareja... de... hecho, ¿se dice así, verdad?

En ese momento volvió a lanzarse sobre mí, besándome en los labios y agarrándome a la vez por el trasero aunque esta vez no fue correspondido por mi parte; y no sólo por lo que me había dicho, sino porque de repente en la puerta de la casa apareció Tony cargando con un paquete de cervezas y reculando por donde había venido en cuanto nuestras miradas se cruzaron y se percató de lo que allí pasaba.

—¡Joder Ahmad, aparta ya! —le grité, haciendo que trastabillase del empujón que le di.

—¿Qué coño pasa a ti? —gritó a su vez.

—¡Pasa que me tienes hasta los huevos, eso es lo que pasa! ¿Qué cojones dices que seamos pareja? ¡Ni de hecho ni de nada!

—¿Tú no quieres a mí? —preguntó haciéndose el ofendido.

—¡Pues claro que no, ni tú a mí tampoco, joder! Esto es sólo sexo, ¿entiendes? —le grité—. Sexo y se acabó. Tú y yo no podemos llegar a nada más.

—¿Por qué no? Yo quiero a ti, Lin —dijo con los ojos muy abiertos.

—Eso no es verdad y lo sabes. Mira Ahmad, lo hemos pasado bien mientras ha durado pero esto ya empieza a llegar a su fin. Así que mejor dejarlo aquí y se acabó.

—¿Esto es por ese... Tony? —dijo endureciendo la mirada y comenzando a acercarse a mí de manera amenazadora.

—¡Qué no es por él ni por nadie, que Tony es hetero y esto no tiene nada que ver con él, joder!

—¿Tú creer que yo no saber, tú tomar por gilipollas? —me cogió por el cuello y antes de que pudiera reaccionar había sacado la defensa rígida, que llevaba enganchada del cinto, comenzando a propinarme golpes con ella en las costillas hasta conseguir que el dolor hiciera que mis piernas flaquearan y se doblasen, sin poder hacer nada para evitarlo.

Tras un par de puñetazos en la cara que no le pude esquivar, la vista se me empezó a nublar.

Ese fue el momento en el que sacando fuera toda la mala leche que me había estado tragando, no sólo en los últimos ocho meses con él sino también durante toda una vida de abusos contra mi persona, me repuse tan rápido como caí en la cuenta de que si no le paraba los pies en ese preciso instante, conseguiría que me dominara por completo y de por vida.

Reaccioné rápido y, levantándome como un resorte desde el suelo, arremetí contra él impulsando con la cabeza toda mi fuerza sobre su abdomen igual que en un placaje de rugby.

Ambos cruzamos el salón hasta alcanzar la entrada, cayendo con un golpe seco contra el suelo. Lo que no pensé es que se le ocurriría hacer uso de la pistola que llevaba; pero por suerte sólo pudo cogerla y golpearme con la empuñadura en la mejilla, antes de que yo comenzara a descargar sobre su rostro varios puñetazos seguidos hasta conseguir reducirle por completo.

De todas las veces que había tenido que llegar a ese extremo para romper definitivamente con alguno de mis anteriores amantes maltratadores, esa fue la que más duro tuve que pegar.

−¡¡Y ahora te vas a largar y vas a salir de mi vida de una jodida vez!! ¿Entendido? −le grité salpicándole con mi propia sangre mezclada con saliva sobre el rostro−. ¡¡Fuera, largo de aquí y no se te ocurra volver!!

Consiguió salir por la puerta, arrastrándose por el suelo mientras recogía la defensa y yo le lanzaba el revolver a la calle después de sacarle todas las balas que llevaba en el cargador.

Le oí subir al coche de vigilancia de seguridad y salir chirriando ruedas.

Tras permanecer unos minutos sentado en el suelo con las balas en la mano y la rabia en el cuerpo, me levanté, cerré de un portazo y me dirigí a casa de Tony.

Llamé con insistencia al timbre y cuando abrió la puerta se sorprendió al verme.

−Lin, ¿qué te ha pasado? ¡Estás herido!

No me había dado cuenta de que tenía un corte en la cara.

−¡Oh Dios, lo siento! −me excusé−. Quería venir a explicarte…

−Anda entra, hay que curarte eso −dijo sosteniendo la puerta para que pasara.

Me llevó hasta el baño y mientras llenaba la pila del lavabo con agua templada me pidió que me sentara sobre la tapa del váter. Mi expresión de dolor le puso en alerta, así que cerró el grifo y vino hasta mí; me ayudó de nuevo a ponerme en pie y, viendo que movía los brazos con dificultad, desgarró mi camiseta para ver a qué se debía mi queja.

–¡Madre mía! ¿Quién te ha hecho esto, Lin? ¿Ha sido el tío ese que estaba en tu casa?

Asentí con la cabeza sin decirle nada más.

–Era el mismo que me presentaste aquel día, ¿verdad? –en ese momento se agachó a la altura de mi abdomen.

–Sí, Ahmad –hice el amago de apartarme cuando intentó pasar sus dedos por encima de mi costado.

–Sólo quiero comprobar que no haya ninguna costilla rota –dijo alzando la vista para mirarme.

–Lo sabría si alguna lo estuviera –dije evitando sus ojos–, no podría ni moverme.

–Vale, está bien –dijo incorporándose–, ¿puedo? –asentí con la cabeza mientras me mostraba una de sus toallas–. No sabía que era vigilante de la obra –dijo antes de empezar a limpiarme con agua templada la sangre del rostro, de la ceja y del labio partidos–. Suelta lo que llevas en la mano, te sangra el puño también.

Al dejar sobre la encimera del lavabo las balas, se sorprendió.

–Se las he tenido que quitar de su arma. A veces tiene turno de vigilancia del armario donde guardan la dinamita de toda la mina y el reglamento les obliga a llevarla. No me podía arriesgar a que fuera con la pistola llena de balas por ahí.

–¿Te ha apuntado con ella? –preguntó parando un momento para mirarme fijamente a los ojos.

–No estoy seguro, lo que sí sé es que la sacó y me propinó este golpe en la mejilla con la culata.

–No es la primera vez que te pega, ¿verdad? –obtuvo la callada por respuesta, lo que le confirmó que la vez en que me vio con la cara marcada en el hospital también había sido obra de Ahmad.

—Mi padre me pegaba —el silencio invadió la estancia donde nos encontrábamos—. Ahmad a veces se pone nervioso y es su manera de relajarse.

El desinfectante sobre las heridas abiertas comenzó a escocer ligeramente.

—¡Ese tío es un hijo de puta y un cabrón! —exclamó ofendido—. Y no le voy a permitir que te vuelva a poner la mano encima.

—¿Y eso? ¿Por algún motivo en especial? —mis labios se curvaron lo justo antes de notar cierta molestia por los golpes—. No es la primera relación de este tipo que he tenido en mi vida.

—¿Te va la marcha, o qué? —paró de curarme durante un segundo al tiempo que su cara se tensaba—. Si es así, siento haberme metido dónde no me llaman —dijo levantando las manos en señal de disculpa.

—No, no es que me guste, no me malinterpretes, es que... parece que lo provoco en algunos tíos.

—¡Y tú te dejas! —enfatizó.

Me limité a encoger los hombros.

—¡A ver, eso no es una respuesta! O te gusta o no te gusta —Tony frunció el ceño sin percatarse de que su tono de voz iba en aumento.

—No lo sé, no es fácil de explicar —hice un parón que me obligó a desviar la mirada, avergonzado, hacia otro lado—. Supongo que tendrá que ver con algún trauma de mi infancia. Y con el temor de escuchar el cinturón de mi padre mientras me buscaba por toda la casa, borracho como una cuba, antes de follarse a mi madre.

—¿Abusaba de ti? —preguntó.

—¿Te parece poco abuso pegarme con el cinto, hasta hartarse y sin mirar donde aterrizaba cada latigazo, dándole igual si era correa o hebilla? —dije mirándole de nuevo.

—Lo siento, estoy siendo un entrometido —continuó poniendo unos puntos de sutura individuales sobre la ceja partida mientras yo le miraba fijamente sin poder apartar mis ojos de su rostro.

–No tranquilo, es que no soy muy dado a bucear con nadie en esa parte de mi vida.

–Igual nadie se ha interesado por ti lo suficiente como para permitirte sacarlo a flote –dijo devolviéndome la mirada y manteniéndose demasiado cerca para lo que un hetero acostumbraría a ponerse sabiendo que estaba frente a un gay.

–Supongo –dije mirando de nuevo al suelo.

–Permíteme entonces que tenga unas palabras con Ahmad, ya que me imagino que tú no querrás denunciarle, ¿verdad?

Alcé la vista, clavando mis rasgados ojos sobre los de Tony.

–Ahmad no es muy dado a hablar, me tranquilizaría más que no lo hicieras. Y por otro lado, ya está solucionado, acabo de sacarle de mi vida. Además, ¿por qué tomarte tantas molestias?

–Pues... por ti –respondió titubeante–. Te he cogido... cariño.

En ese momento, alcé de nuevo la vista para mirarle fijamente sin entender muy bien qué quería decir con aquello.

–¿Cariño cómo el que se tiene por un hijo, por un hermano o por un amigo? –pregunté apoyando mis manos sobre el lavabo y esperando a ver dentro de cual de aquellos grupos me incluía.

Tony entornó levemente sus ojos negros consiguiendo que se le marcasen las ojeras un poco más y me hizo esperar un rato hasta poder escuchar su respuesta.

–No tengo hermanos y a estas alturas de mi vida tengo muy claro lo que siento hacia mis hijos, así como sé también la barrera que separa el cariño que le tengo a mis amigos del que... –hizo un parón para tragar saliva–... en un momento dado puedo sentir hacia alguien que consiga llegar a convertirse en algo más que eso.

El gesto de mi cara cambió de inmediato por lo asombrado que me quedé.

–Esta sí que es buena –me empecé a reír–, nunca hubiera imaginado que te gustasen los hombres y créeme tengo un ojo bastante...

Tony me interrumpió colocando un dedo sobre el labio partido y aún ligeramente sangrante.

—Sólo digo que sé cual es la diferencia pero… también te digo que no sé aún cómo enfrentarme a ello. Y no te lo vas a creer pero te juro que es la primera vez que me pasa esto por la cabeza. Yo jamás me he sentido atraído por un hombre —en ese momento Tony derramó un chorro de desinfectante sobre un algodón y comenzó a posarlo con sumo cuidado sobre mi labio dando pequeños toques para que la hemorragia parase.

Esperé un tiempo prudencial antes de continuar.

—Quizás, yo pueda ayudarte a ello… siempre y cuando tú quieras, claro —dije un tanto sorprendido por mi atrevimiento y esperando pacientemente a que sus ojos negros se posasen de nuevo sobre los míos.

Cuando Tony terminó con su esmerada cura labial, alzó por fin su tímida mirada hasta conseguir que chocase con la mía.

Durante unos segundos que me parecieron horas, el tiempo se paró para los dos. Su mirada fija en mis pupilas me permitió casi alcanzar sus pensamientos. De repente, mi piel se estremeció al sentir como con su dedo pulgar seguía con sumo cuidado el contorno de mis labios, dejándome clavado a aquel lavabo. Sintiendo que no podía y sobre todo que no quería moverme de allí.

Aquel momento fue mágico, algo que jamás había sentido con nadie; pero también sabía que no podía hacer otra cosa más que esperar, minutos, horas o toda una eternidad hasta que él se decidiese a dar el primer paso.

Adelantarme a ello hubiera sido un error. Y si en el peor de los casos no hubiera pasado de eso, al menos hubiera tenido aquella mirada y aquella sutil caricia clavadas en mi memoria para todo lo que me restase de vida.

De repente, todo el dolor y el malestar que minutos antes había sentido por la paliza, desapareció. Y creo que hasta mi corazón se paralizó por un instante cuando, acercándose con cautela, Tony posó sus labios sobre los míos.

Yo me dejé llevar disfrutando de aquel momento tan íntimo y especial, dejándole continuar hasta donde él quisiera llegar; sin forzarle, sin adelantarme, tan sólo permitiéndole adentrarse poco a poco en los dominios desconocidos que había querido descubrir conmigo.

Noté la humedad de su lengua recorrer la herida de mi labio ya desinfectada y, entreabriendo mi boca lo justo, la sentí rebuscar la mía. Al principio dudé, pues mi corazón latía demasiado rápido y temí asustarle; sin embargo, su cuerpo se pegó más al mío y mi lengua entonces salió a su encuentro, entrelazándose juntas en una danza que comenzó a acelerar el pulso de ambos.

Nos mantuvimos labio contra labio el tiempo justo para que se pensara si había cometido un error y quería parar para deshacer el entuerto. Y aunque mis manos se mantuvieron todo el rato apoyadas sobre la encimera del lavabo, sentí las suyas acomodarse en mi cintura.

—Creo que llegados a este punto —dijo apartándose sólo un poco y con la respiración entrecortada— para continuar voy a necesitar un par de cervezas de esas que tenía preparadas.

—¿Por qué viniste con ellas? —le pregunté entre beso y beso—. Sabes que yo siempre tengo alguna en casa.

—Quería invitarte, hoy es mi cumpleaños —dijo de repente.

Me separé de él lo justo para esbozar una sonrisa, que más adelante confesó que fue lo que terminó por enamorarle de mí por completo.

—¡Pues felicidades! Pero antes de beber, te daré mi regalo si me lo permites —en ese momento, ofreciéndole la mano para que me la cogiera, señalé con la cabeza el dormitorio. Esperando a ver su reacción.

Su respiración se aceleró, lo que me hizo revisar con la mirada cada palmo de su cara para intentar descubrir en él un mínimo de duda que me habría llevado a recular, haciendo que no se sintiera forzado a algo de lo que no estuviera completamente seguro.

Sin embargo, Tony posó su mano sobre la mía al tiempo que su cabeza asentía levemente.

Tiré de él hasta los pies de su cama, dándole tiempo para que sopesase lo que estaba a punto de ocurrir. Ante su pestañeo titubeante, empecé a besarle de nuevo esperando que su lengua me confirmara que tenía permiso para continuar.

Uno a uno le desabroché los botones de la camisa sin dejarla caer al suelo. Mis dedos siguieron el recorrido por su torso moteado con una suave y varonil capa de vello que desde aquel día yo le envidiaba, pues jamás me había salido ni uno a mí.

Sin parar de ofrecerle mi lengua, que comenzó a succionar con avidez, dirigí mis manos hacia su bragueta consiguiendo desabrocharle lentamente los vaqueros y palpando, con cautela, el interior de su paquete.

De inmediato cesó en las caricias que me estaba ofreciendo, mientras su cuerpo se tensaba ligeramente al notar el roce de mi mano en sus testículos hinchados.

—¿Todo bien? —le pregunté ansioso por su respuesta.

Asintió con la cabeza, mordiéndose el labio inferior en un gesto de nerviosismo.

—¿Me permites que continúe? —dije ladeando la cabeza.

Asintió sin decir palabra.

En ese momento, no dudé. Según me sentaba en el filo de su cama, le atraje hacia mí arrastrando la ropa, de cintura para abajo, sólo lo justo para liberar sus atributos.

Su verga erecta se me antojaba perfecta, de un tamaño considerable y sobre todo apetecible en grado sumo. Tomándola con cuidado entre mis manos y evitando mirarle a la cara para que se relajase, comencé a lamerle la punta para ver su reacción ante aquella primera incursión por mi parte.

Pequeñas gotas de líquido seminal comenzaron a salir y su cuerpo no reculó, lo cual era señal de que no me rechazaba. La erección se mantuvo, incluso noté como se endurecía ligeramente al contacto con mi boca. Me atreví a meterla entera, comenzando a comérsela en un movimiento cadencial que me llevó a saborear cada centímetro de su exquisita polla.

No tardó mucho en apoyar sus manos sobre mi cabeza, lo que me excitó tanto que hizo que yo mismo me llevara la mano hasta la bragueta, desabrochándola, para poder meneármela mientras mi lengua continuaba jugueteando con su glande.

De repente, me alerté al notar como se separaba de mí. Obligándome a dejar de masturbarme de golpe. Pero para mi sorpresa se agachó y comenzó a quitarse las zapatillas de deportes, continuando después con el resto de la ropa.

Después de ayudarme a que me quitara todo y bien empalmados como estábamos, nos colocamos sobre su cama enfrentados y con la respiración acelerada pero esta vez por el deseo; comenzando de nuevo a besarnos mientras nos masturbábamos el uno al otro.

El siguiente parón tuve que hacerlo yo, pidiéndole que esperase solamente un segundo para buscar un preservativo que acostumbraba a llevar en el bolsillo de mi pantalón.

Cuando conseguí sacarlo de su envoltorio se lo mostré y sin dejar de besarle se lo coloqué, lanzándole algo de mi propia saliva para lubricarlo un poco más. Después me separé de él sonriéndole mientras le miraba a los ojos y le di la espalda, colocándome frente al cabecero de su cama con las piernas ligeramente abiertas y las manos contra la pared, esperando a que fuera él quien continuara con la iniciativa que tan pausadamente había establecido entre nosotros.

No tardó demasiado en pegarse a mí y con dedos inexpertos intentar localizar por dónde meterla; para lo cual yo terminé por ayudarle, dándole así la certeza que necesitaba para saber que no me dañaría.

Su penetración fue cautelosa, demasiado para lo que yo estaba acostumbrado. Aunque por otro lado aquella experiencia, que resultó ser la primera en la que me encontraba con un hetero recién iniciado en el descubrimiento de su bisexualidad, la viví mucho más intensamente que cualquiera de las anteriores, pues el momento tan mágico por el que estábamos pasando, Tony y yo, nos convertía a ambos en virginales principiantes.

Siguió un ritmo suave, sin dejar de pellizcar uno de mis pezones erectos mientras con la otra mano alcanzaba a meneármela, proporcionándome placer a la vez. Y se mantuvo así hasta que estuvo completamente seguro, según me preguntaba, de que me correría con él; lo cual no tardé en confirmarle, consiguiendo de ese modo que nuestros orgasmos estallaran juntos viéndose reforzados por una invasión de gemidos que ambos liberamos en alto.

Sentí su respiración entrecortada a mis espaldas y sus manos acariciándome el miembro mientras su nariz se hundía entre mi cabello. De repente noté un escalofrío cuando recorrió mi espalda con sus dedos justo antes de salir de mi interior.

Sin llegar a girarme, escuché cómo salía de la habitación. Tras unos segundos sin saber adonde había ido, me recosté sobre la cama esperándole hasta que llegó con las cervezas prometidas.

—¡Qué hermoso eres! —fueron sus primeras palabras después de penetrarme.

—¿Incluso magullado como estoy? —bromeé antes de chocar nuestras botellas para brindar.

—Voy a matar a ese cabrón cuando le vea —dijo en tono paternalista.

—No, ándate con cuidado. Ya hemos terminado él y yo. Olvídalo.

—¿Cómo quieres que lo olvide si casi te mata a palos? —dijo acomodando unos cojines para reposar la cabeza.

—Más hostias le he dado yo al final, te lo aseguro —le dije, dándole después un buen sorbo a mi cerveza—. Acostumbro a recibir de algunos y tardo en darme cuenta del que no me conviene pero al final la manera de quitármelos de encima siempre es la misma, que sepan que yo también sé pegar y que lo sufran en sus carnes. Además Tony, lo digo en serio, mantente al margen, Ahmad es peligroso. Me olía algo pero hoy me he dado cuenta del todo. Si me ha sacado la pistola a mí, puede ser capaz de cualquier cosa contigo. Y te ha cogido manía.

—Entonces hagamos un informe sobre él a sus jefes. Ese tío tiene un puesto de responsabilidad, está como una cabra y va armado.

—Ni loco se me ocurre, eso supondría descubrirme delante de todos.

—Australia es un país de lo más tolerante con los gays, no sé qué problema le ves.

—Australia sí, Tony, pero Boommarang no. Estamos en el puto culo del mundo, y en este tipo de campamentos hay más de un secreto que guardar. Las reglas aquí son: tapa tus ojos, oídos y boca, vive y deja vivir; si eso lo respetas mantienes tu vida y, sobre todo, tu trabajo. A mí me ha funcionado bien hasta ahora y pienso seguir así. Yo te aconsejo que hagas lo mismo.

—De acuerdo, tú eres *aussie* y yo acabo de llegar, seguiré la advertencia. Mejor que tú no lo sabrá nadie —y tras decir esas palabras giró la cara y se acercó para besarme, franqueando de ese modo la vergonzosa línea del primer polvo.

- 9 -

Tenía que apurarme para salir si no quería quedarme encerrado dentro de aquel cementerio madrileño. Hacía buena noche y la caminata, pegado a los muros del camposanto, vino acompañada de una suave brisa que secó las últimas lágrimas que se habían vertido por mi rostro.

Avisté una parada de taxis, tan pronto como salí del perímetro de ocupación del cementerio, y a su lado la terraza cubierta de un bar.

La idea de tomar un par de cervezas allí, como simple cena, me atraía mucho más que hacerlo en la casa vacía de Sergio. Así que me senté, en un rincón apartado desde donde se apreciaban las picudas copas de los cipreses del cementerio, a esperar que me trajeran una jarra helada y bien grande de rubia espumosa.

Desde que Tony y yo hicimos el amor por primera vez, fueron contadas las ocasiones en las que habíamos tenido que pasar algún día separados el uno del otro; por ejemplo, en la primera visita de su ex mujer, en todas las que nos hicieron sus hijos más tarde, en viajes donde la empresa le enviaba a otra ciudad a revisar algún proyecto y por supuesto en el funeral de Teresa, la madre de sus hijos.

Por eso se me hacía tan difícil moverme de allí, de aquel bar desde el que al menos podía ver el lugar en el que reposaban sus restos.

Con el primer sorbo dado a la jarra que me trajeron, mi mente evocó la primera noche que pasamos juntos; eso fue justo después de hacer el amor por primera vez y de haber terminado la tercera cerveza por la celebración de su cumpleaños. Dormir con un hombre después de follar fue más novedoso para mí que para él.

—¿En serio? —se sorprendió después de pedírmelo, esbozando una de sus sonrisas ladeadas que encendió mis ganas de volver a echarle otro polvo.

—Nadie me lo había pedido antes. Yo tampoco lo demandaba —le expliqué.

—¿Y bien? ¿Qué contestas? —preguntó.

Pensé durante un momento la respuesta y entonces le dije.

—De momento, me daría una ducha primero.

—¿Te ves capaz? ¿No te escocerá mucho? —volvió a sacar su vena paternal a flote.

—No si tengo a alguien que me frote con cuidado, ¿me acompañas? —dije saliendo de la cama y comenzando a notar como la presión vascular en los genitales comenzaba a endurecérmela.

El que se pensó la respuesta en ese momento fue él, sin apartar su mirada de la evidente razón que me había llevado a pedirle eso.

Saltó al otro lado de la cama, pasando por delante de mí y después de dirigirse al cuarto de baño y abrir el grifo de la ducha, nos metimos bajo el agua templada.

Primero se enjabonó él. Yo mientras dejé que el agua que me caía encima desentumeciera mis músculos. Después se metió conmigo debajo del chorro para aclararse y, embadurnándose las manos con gel, comenzó a restregarme por todas partes mientras yo me mantenía quieto, cauteloso de nuevo, sin dar pasos en falso o abalanzándome demasiado rápido sobre él.

Cuando alcanzó los genitales y comenzó a limpiármelos, mi erección ya había alcanzado toda su extensión. En cuanto empezó a meneármela, coloqué mis manos rodeando las suyas para acompañarle en el suave magreo que le proporcionaba a mi verga endurecida.

Las heridas recién hechas comenzaron a hacerse notar, después de humedecerse, pero su escozor se vio amortiguado por el placer que me aportaban sus manos. Liberó una de ellas para estimularse a sí mismo, sin dejar de besarme en los labios y cuando por fin consiguió que me corriera y que brotase hasta la última gota de semen que me quedaba, sólo entonces permitió que estallara el suyo.

Aquella noche que pasé rodeado por los brazos de Tony, sentí que era la primera vez que alguien anteponía mi placer al suyo, se preocupaba por mí y era protector conmigo.

Dormí del tirón, pese al dolor de cuerpo después de la paliza y la inquietud de saber que ambos habíamos dejado los pestillos de las puertas principales de nuestras casas sin echar.

Pasaron varios días, y una de aquellas tardes cuando regresaba a mi casa después del trabajo, supe por el propio Ahmad que había estado en aquella habitación, esa misma noche, viéndonos dormir juntos a Tony y a mí.

En cierto modo no me pilló por sorpresa pero sí que me hizo determinar que tenía que vigilar a ese maldito de cerca, puesto que no iba a sacrificar al único hombre del que me había sentido enamorado.

—Tú engañaste a mí —me dijo nada más verme entrar en el pequeño jardín delantero de mi casa.

—Te recuerdo que el acoso en este país está prohibido —dije mirándole fijamente—. Y estás pisando mi parcela, Ahmad, así que lárgate.

—No delito si nadie entera. Podría ver a vosotros dormir cada noche y nadie saber que yo estar ahí —dijo susurrándome cerca del oído cuando pasé a su lado.

Me volteé para mirarle.

—¡¿Qué coño estás diciendo?! ¡No habrás estado espiándonos!

Ahmad se limitó a oscilar entre sus dedos una corbata que retiró antes de que yo pudiera quitársela de las manos.

–Tú engañaste a mí –repitió–. Yo quería casar contigo.

–Tú lo que cojones quieres es la manera rápida de conseguir la residencia definitiva en este país –grité–, y ya te puedes ir buscando a otro o a otra, lo que prefieras, pero de mí te olvidas.

–Tú engañaste a mí y eso lo pagas –volvió a repetir como un enajenado.

–Te lo digo en serio, Ahmad –dije pegándome a él todo lo que mi rabia y mi cautela me permitían–, aléjate de mí, aléjate de Tony y olvídate de nosotros o te juro que estas amenazas te las corto de cuajo aunque sea lo último que haga en mi vida, ¿lo has comprendido o te lo repito de nuevo?

Manteniéndome un pulso con la mirada y antes de girarse para largarse calle abajo, me lanzó con furia la corbata a la cara.

Después de ducharme, salí con una cerveza al porche de mi casa para esperar a que Tony enfilase con su coche la calle de acceso a nuestros *bungalows*. Por teléfono no quería alertarle, así que en cuanto me vio allí parado de pie, aparcó enfrente y se bajó con cara de preocupación.

–¿Te encuentras bien? –me preguntó con suspicacia–. Estás pálido y demasiado serio.

–¿Te suena esta corbata? –le pregunté mientras se la mostraba.

–¡Anda! Llevaba días buscándola, creía que me la había dejado en la oficina –dijo estirando la mano para que le pasara mi botella de cerveza y poder darle un trago.

–¿Recuerdas cuándo fue la última vez que te la pusiste? –quise indagar.

–En mi cumpleaños. Un día inolvidable –dijo ladeando una sonrisa–, ¿por qué? ¿Dónde la has encontrado?

—Me la ha traído Ahmad hace un rato —le confesé.

—¿Ese cabrón ha estado aquí? —a Tony le cambió la cara.

—Sí, aquí y en tu casa aquella noche mientras dormíamos por primera vez.

—¡Hostia Lin, ese tío está tarado! —dijo alzando la mirada al cielo.

—Creo que por el momento le he puesto las cosas claras pero quiero que tú te andes con cuidado, ¿de acuerdo? Aquí nunca hemos tenido miedo, no nos hemos tenido que preocupar de nada, ni siquiera hay policía territorial por el momento hasta que Boommarang no se declare como ciudad; sólo existe el equipo de vigilancia privada que le marca la ley a la empresa para proteger ciertos espacios y materiales, y aún así ni siquiera ellos son necesarios. Pero después de lo de hoy no quiero que te quedes solo en la obra jamás; y mucho menos de noche, que son sus turnos de trabajo y se conoce aquello como la palma de su mano. Echa siempre que estés dentro los pestillos de las casas, de la tuya y de la mía. Y si puedes, lleva contigo algo con lo que protegerte; no sé, una navaja o algo parecido.

—Lin, estaré bien, no te preocupes. Además lo más parecido que tengo a una navaja es una multiusos suiza y con eso no creo que le lastimara demasiado, quizás le podría arreglar algún tornillo pero poco más —comenzó a reírse por su ocurrencia intentando con ello quitarle hierro al asunto—. Anda vamos para dentro y tomemos otra cerveza que te veo muy tenso.

Adelantándose a mí, se metió en mi casa y cuando atravesé el umbral cerró la puerta echando el pestillo después.

—¿Mejor así? —dijo antes de cogerme por la nuca para besarme en los labios, traspasándome con su lengua.

—Para una cerveza y un beso tampoco hay que exagerar —quise seguirle la broma.

—Es que ya que estoy aquí podría quedarme a dormir. Si quieres, claro —elevó las cejas varias veces.

–Quiero –le besé fugazmente en la boca–, lo deseo –continué con un chupetón en su cuello– y lo necesito –para después acercarle un poco más a mí tirando de la hebilla de su cinturón.

–No tardo en ducharme –susurró–, prepárame esa cerveza, *please.*

Cuando salió del baño, llevaba una toalla rodeándole la cintura y terminaba de secarse el pelo con otra, dejándolo caer salvaje.

–¿Adónde vais aquí para cortaros el pelo? –preguntó–. Lo tengo mucho más largo que de costumbre

–Una de las chicas de la tienda de comestibles se dedica a ello pero sólo los fines de semana. A mí me gusta como te queda –dije acariciándoselo según pasaba a su lado para meterme en el baño a coger un bote–, pero si te agobia mucho te lo corto yo.

–¿Harías eso por mí? –preguntó peinándose con los dedos hacia atrás.

–Haría cualquier cosa por ti, Tony –afirmé–. Es más, si quieres, después del masaje nos ponemos con ello.

–¡Guauu y además sabes dar masajes! –exclamó–. Sí, entonces... creo que después del masaje y de lo que se tercie por el camino, dejaré que hagas lo que quieras con mi pelo.

Me acerqué hasta él para soltarle la toalla, dejando que cayera a sus pies.

–Túmbate en la cama boca abajo –le ordené, dándole una palmada en las nalgas.

Descalzándome y remangándome las mangas de la camisa de cuadros que llevaba, me coloqué a horcajadas sobre su trasero desnudo para que sintiera la tela de mi vaquero y destensase el cuerpo que tenía medio agarrotado.

Derramé aceite de masaje a lo largo de toda su espalda y mis manos comenzaron a deslizarse por ella y por sus hombros siguiendo una cadencia que me permitía tocar cada centímetro de su piel. Después de unos minutos aliviando las pequeñas contracturas que le fui notando, llegué a la base de su espalda para continuar regodeándome en magrear con mis dedos sus glúteos blanquecinos aunque bien musculados. Noté cómo la tensión en aquella zona volvía a hacer espontáneamente acto de presencia, lo que me obligó a cambiar de estrategia y comenzar a masajearle la parte alta de los muslos; aprovechándome a la vez para rozar su miembro que descansaba sobre el colchón.

Lo que más le gustó fue la parte podal y mucho más cuando, introduciendo el dedo gordo de su pie en mi boca, comencé a chuparle con fruición notando cómo con sus pequeños gemidos de agrado comenzaba a excitarse.

Cuando le pedí que se girara boca arriba, la verga era la parte de su cuerpo menos relajada de todas. Continué desde los pies, en sentido ascendente, el masaje por sus piernas hasta rozarle la parte interna de sus muslos; y antes de que se volviera a tensar, engullí su polla erecta comenzando a comérmela tan profundamente como mi garganta me lo permitía. Aquel inesperado giro le produjo un acto reflejo, alzando sus caderas ligeramente contra mi cara.

Con mis manos aún embadurnadas de aceite de masaje, con olor a cítricos y a maderas exóticas, comencé a masajearle los testículos desde la base del pene hasta la parte perianal, sin dejar de masturbarle con la mano libre al tiempo que mi boca oprimía su falo endurecido. Notando su excitación en aumento y su respiración acelerada, me atreví a tantearle el ano.

Al cabo de un rato de asegurarme que empezaba a estar en el punto sin retorno hacia la eyaculación, le introduje con sumo cuidado uno de mis dedos lubricados por el aceite. Al principio el esfínter se le cerró ligeramente, pero una vez que la cadencia de la mamada y de la presión de mi mano al masturbarle se adecuaron al ritmo de masajeo dentro de su ano, el alcance del éxtasis se le produjo y el estallido del orgasmo le llegó pleno y satisfactorio al cien por cien.

Cuando consiguió recuperar el sentido después de regodearme con los últimos espasmos de placer que le producía mi lengua al pasar por su glande ya relajado, se alzó de repente haciendo que me pusiera enfrente y de pie mientras él se sentaba en el borde de la cama dejando el bote de aceite de masaje a su lado.

—Déjame probar una cosa —dijo mientras me desabrochaba el cinturón con premura, desabotonaba el vaquero y liberaba de dentro de la ropa interior mi pene ya empalmado.

Tras untarse las manos con aquel líquido oleoso y sentir la templanza de su lengua en mi polla endurecida, entorné los ojos no sólo por la excitación que sentí en cada lametón que ejercía, sino por el momento sutil de saber que yo era su único hombre y que poco a poco mi inexperto y recién descubierto amante bisexual se abría ante mi como una flor, permitiéndome amarle y amándome a la vez.

Fue aportándole a mi sexo la presión justa, la succión adecuada y una extraña sensación, en el virtuoso masaje a dos manos que le estaba proporcionando a mi falo, que consiguió descontrolarme antes de tiempo.

—Para, Tony, para —dije tomándole por la cabeza— o me voy a correr en tu boca.

Pasó de mi advertencia por completo y continuó con lo que se traía entre las manos, mientras mi pene entraba y salía de él.

—Me voy a correr, Tony... —su nombre se perdió entre el orgasmo, mientras toda mi esencia se vaciaba dentro de su boca al no poder apartarme de él ya que me tenía literalmente agarrado por los huevos—. ¡Ay Dios! ¿Qué es eso que me has hecho con las manos? No he podido controlarme.

—Se llama "la vagina infinita" —dijo secándose la boca con el dorso de la mano—. Lo leí en una revista hace tiempo. Nunca se lo pude llegar a pedir a mi mujer. ¿Te ha gustado? —dijo mostrando una sonrisa pícara.

—Mucho —entonces me atreví a preguntar—, ¿y a ti?

—Mucho, mucho, mucho. Curioso y salado esto segundo pero súper excitante lo primero que tú me has hecho —confirmó poniéndose de pie y rematándolo con un beso de tornillo que a punto estuvo de encenderme de nuevo.

Tres jarras de cerveza después, cuatro horas más tarde y tras la educada invitación de la camarera a que abandonase el local pues estaban a punto de cerrar, llegué hasta el último taxi que quedaba en la parada, alargándole al taxista el papel en el que Martina me había escrito la dirección de la casa de Sergio.

- 10 -

Sergio y su hija llegaron a las tres de la tarde del lunes a la casa. Nada más verme, Bettina se acercó para darme un beso.

–Abuelo, te confirmo que el tío me ha llamado para decirme que nos espera en el hospital a eso de las siete de la tarde de hoy.

–¡Qué pesado está, de verdad! Si yo tengo el oído bien –le dije.

–De eso nada, últimamente estás sordo como una tapia; además, ya ha quedado con su colega. Después nos invitan él y la tía a cenar a su casa.

–Bueno hija, pero antes me pasas por el cementerio un rato, ¿de acuerdo?

–¡Lin, estuviste ayer! –ella sólo me llamaba por mi nombre cuando estaba enfadada por algo.

–¿Se puede saber por qué os contáis todo en esta familia? –repliqué–. No tenéis ni idea de lo que es guardar un secreto.

–Sabes que al abuelo Antonio no le gustaría verte así –dijo seriamente.

–Cariño, él por desgracia ya no está aquí para regañarme, ¿vale?

–Pues te regaño yo en su nombre. Tienes que poner distancia para poder superar el duelo, abuelo. Fue decisión tuya traerle aquí.

–Ya lo sé hija, ya lo sé. Y sólo me quedan unas pocas semanas hasta que me vaya y no pueda venir a verle... en mucho tiempo. Necesito acompañarle, allí está solo y yo también.

—De eso nada, aquí estamos toda tu familia acompañándote. Todos le echamos de menos pero son sólo recuerdos, ¡abuelo por favor, no te mortifiques más!

—Lo mejor que he tenido nunca —continué hablando casi sin escucharla.

—Mírate, no levantas cabeza, seguro que ni has comido en estos días que hemos estado fuera.

—Hagamos una cosa Betty, yo me cojo un taxi hasta allí y después tú me vas a buscar y vamos juntos al hospital a ver a ese médico y a quién tú quieras, ¿de acuerdo?

Viendo como asentía sin rechistar, me decidí a prepararme para regresar al cementerio.

En el trayecto del taxi hasta el camposanto, empecé a pensar en el trauma que Tony tuvo que pasar el día del funeral de su ex mujer; cuando después de más de tres décadas, apareció en Madrid para acompañar a sus hijos y nietas en el último adiós a la que fue su esposa durante veintitantos años.

Traté de imaginármelo en ese papel de esposo fiel al lado de una mujer y me resultaba casi imposible, habiendo sido mi marido el doble de tiempo que pasó con ella.

A la mente vino nuestra primera bronca. Habían pasado unos ocho meses desde la llegada de Tony a Boommarang, y yo ya había comenzado mis turnos de trabajo dentro de la mina.

Con los oídos totalmente recuperados, el exceso de trabajo allí dentro y las lluvias torrenciales de la época de verano que paralizaban el trabajo de exteriores cada dos por tres, mi jefe prefirió mantenerme de nuevo metido dentro del agujero.

Días después del veinticuatro de diciembre de 2013, una tarde al llegar a casa encontré una nota escrita por Tony:

"Estoy limpiando la casa antes de ir al aeródromo a por mis hijos.

Vienen con una INVITADA INESPERADA, su madre, Teresa".

Puse cara de asombro tras leerlo y decidí no molestarle; supuse que estaría nervioso. Hasta yo me encontraba inquieto.

Después de una ducha, una cena ligera y una copa de vino, me quedé dormido en el sofá. Esa fue la primera noche, desde que empezamos a salir, en que dormimos separados.

Tuvieron que pasar tres días enteros hasta que me lo encontré en el economato que hacía las veces de almacén de comestibles y enseres variados. Se trataba de una nave diáfana, separada por altas estanterías corridas, donde podías abastecerte con lo más necesario; elementos diversos para dentro y fuera del hogar, básicos en electrodomésticos y electrónica, algo de recambios de vehículos e incluso un surtido variado de ropa y calzado. Es decir, cualquier cosa para salir del paso hasta que te llegara el pedido, que les hubieras encargado, procedente de la gran ciudad.

Había terminado de comprar lo que necesitaba y justo cuando me disponía a pagar, noté que alguien tocaba mi hombro.

Se le veía distinto llevando la ropa tan clásica que solía usar para sus reuniones de trabajo con los jefes; camisa de manga larga, corbata, chaqueta y zapatos de piel con cordones, seguramente aquello con lo que se sentía identificado estando cerca de su mujer. Y es que yo ya me había acostumbrado a verle vestido, de manera informal, con el casco, las botas, pantalones chinos y camisa sport para cambiarse al llegar a casa y ponerse unos vaqueros, zapatillas de deporte y camiseta de manga corta.

Incluso me pareció más envejecido con aquella vestimenta que, definitivamente, no estaba pensada ni para pisar aquel terreno, ni para llevar en un clima tropical. Sin embargo, lo bueno fue que irradiaba un brillo especial en sus ojos, complementado con una sonrisa espontanea en el momento de encontrarse nuestras miradas.

—¡Hola Lin!

—¡Hola Tony! —terminé de pagar a la dependienta y me aparté para que pudiera poner sus cosas, sobre el mostrador, la mujer que me seguía y que supuse que sería su esposa—. ¿Qué tal?

—Chicos —llamó la atención de dos muchachos tan altos como nosotros que esperaban a espaldas de aquella mujer de mediana estatura, algo entradita en carnes, bastante maquillada y con mechas y uñas pintadas en un salón de belleza—, quiero presentaros a Lin. Ya os he hablado de él, es... mi mejor amigo desde que llegué a Boommarang. Lin, estos son Sergio y Javier, mis hijos.

Estiré la mano para entrechocársela, observando que su inglés no era demasiado fluido por lo que el padre tenía que traducirles muchas cosas.

—Encantado de conoceros —dije observándoles detenidamente.

Una tímida sonrisa apareció en los labios de ambos, lo que no les pasó desapercibido a dos de las jóvenes que trabajaban en aquel almacén.

—Parecéis unos calcos de vuestro padre —logré sonsacarle un guiño espontaneo a Tony y una sonrisa afable y cómplice a ellos dos, cuando les dio un apretón cogiéndoles por los hombros para diluir la tensión que, al menos ambos, sentíamos por el encuentro fortuito.

—Ella es Teresa, Lin —dijo señalándomela con la mirada.

—Encantado Teresa. Bienvenidos a Boommarang —dije haciendo uso del poco español que había conseguido que Tony me enseñara para lucirme ante sus hijos. Al chocarle la mano pude comprobar que seguía llevando puesto su anillo de bodas—. ¿Qué tal el viaje?

La profusión de palabras en español dichas por ella a velocidad de vértigo, hicieron que Tony tuviera que traducírmelo.

—Demasiadas horas y escalas pero es agradable ir a pasar unas Navidades en clima cálido para variar. Dice que estás invitado a cenar esta noche en casa... si te apetece.

La invitación me pilló completamente desprevenido.

—¡Oh, bueno! —dije—. Igual es demasiada molestia, no sé.

—Sabes que no es molestia alguna, Lin. Dice que es lo mínimo que puede hacer para agradecerte la ayuda en mis primeros días aquí solo.

—Está bien —dije un poco nervioso—. ¿A qué hora queréis que me pase?

Haciendo uso de un inglés algo más elaborado que el de sus hijos, Teresa me dijo:

—Alrededor de las ocho enviaré a uno de los chicos para que te avisen. Dice Antonio que vives muy cerca de nosotros, ¿verdad?

—Sí, vivo al lado... de vosotros. Bueno pues... hasta luego entonces. Y gracias —me despedí intentando ocultar lo abrumado que me encontraba.

Cuando llegué a casa y viendo el estilo que tenía aquella mujer, que pensaba que se había venido a la zona más popular de Sídney, así como la transformación de Tony al vestir, decidí rebuscar en mi armario algo que estuviera a la altura de las circunstancias.

Terminé decidiéndome por unos pantalones de lino en tonos claros, un polo rojizo, mis mejores mocasines y un perfume especiado y exótico que usaba pocas veces.

Pasado un cuarto de hora de las ocho sonó el timbre de la puerta.

—¡Vaya, eres tú! —exclamé sorprendido, dejando la puerta abierta para que entrara mientras yo volvía a la encimera de la cocina a coger la botella de vino que tenía preparada para llevar a su casa—. Tony, lo siento. Tenías que haber evitado que me invitara.

—¿Por qué pides disculpas? —dijo entrando en mi salón y cerrando la puerta a sus espaldas—. Me encanta que te haya invitado. Parece que ahora que ha llegado aquí escucha lo que le digo, mucho más que cuando me tenía en Madrid. Lo que yo espero es que no te haya molestado a ti. Por cierto, estás guapísimo —dijo mirándome de arriba abajo.

Entonces me fijé en que algo le brillaba en el dedo anular.

—Te has vuelto a poner la alianza —confirmé sin poder apartar los ojos de su mano.

—Se hubiera extrañado al no verla, es muy perspicaz —contestó mientras se la miraba.

—Yo creía que lo de vuestra separación estaba claro. Todos estos meses atrás era de lo que te hablaba, ¿no?

—Ya, yo también pensaba que venía para que le firmara los papeles del divorcio. Hasta lo vi como un detalle por su parte; aunque fuera un detalle que me ha salido bastante caro, por cierto. Espero que no lo coja por costumbre cada vez que vengan los chicos.

—Entonces, ¿no traía los papeles? —quise saber-. ¿Y qué es eso de que pueda volver de nuevo? ¿No habéis roto todavía?

Su silencio se hizo más incómodo de lo que yo podía aguantar. Había caído con él en el mismo error de otras veces, pensar que con un casado yo primaría antes que ellas. Sólo pude soltar todo el aire que llevaba dentro para volver a inspirar y dejar que se oxigenasen mis ideas.

—De eso quería hablar contigo —empezó a decirme.

—Será mejor que hables en otro momento —le interrumpí secamente-. Se hace tarde y se mosqueará si no nos ve llegar pronto.

—Lin —dijo agarrándome por la muñeca-, déjame explicarte.

—No, no tienes nada que explicar, soy yo el que ha sacado conclusiones antes de tiempo —dije endureciendo la mirada-. Sólo respóndeme a una pregunta, ¿os habéis acostado ya?

Su silencio volvió a confirmarme la verdad.

Inspiré profundamente de nuevo y soltándome de su agarrón, salí por la puerta dejando que la cerrara él.

Caminamos sin hablar ni una palabra los pocos metros que nos separaban de su casa.

La cena fue típicamente española, con diferentes platos que yo ya había probado elaborados por él. Sin embargo y antes de tiempo, el hecho de tener que ser traducido en la mayoría de los casos, tener que estar forzando la sonrisa de continuo y que los chicos no pararan de observar a sus padres en una situación cotidiana y agradable que llevaban tiempo sin vivir de cerca, hizo que me planteara despedirme de todos para permitirles disfrutar de ese momento de placidez familiar que vivían.

Pasaron un par de días sin verle, ni a él ni a ningún miembro de su familia. Pero en la tarde del 30 de diciembre Tony me sorprendió, al término de mi turno de trabajo, en los vestuarios donde se ubicaban las taquillas de los empleados de la mina.

–¡Por fin te encuentro! –dijo cerrando la puerta de acceso y quedándonos dentro nosotros solos–. Era para decirte que mañana te esperamos alrededor de las ocho para la cena de Nochevieja. Comenzaremos con un *cocktail* y para después Teresa va a preparar pavo asado.

–Tony, perdóname y por favor preséntale mis disculpas a tu mujer y a tus hijos pero no voy a ir a tu casa.

–¿Por qué? –preguntó con extrañeza.

–Pues por varias razones: primero porque no recuerdo haber celebrado nunca unas Navidades, segundo porque yo vivo esa noche como otra cualquiera y tercero porque es tu familia y debes de pasarla con ellos, tú solo.

–Yo quiero que estés conmigo, Lin.

—Tony, yo no pinto nada en esa cena —mi tono de voz se elevó un poco y mis ojos se quedaron fijos en los suyos.

—Sí que pintas —respondió autoritario.

—Te digo que no, tú debes de pasarla con ellos, yo soy un extraño ajeno a vosotros.

—No lo eres para mí —siguió insistiendo.

—¡Tony, por favor, escúchame! Prefiero no estar, no me siento a gusto. No siento que estemos haciendo lo correcto, así no. Entiéndelo, además sinceramente creo que debes de pasar ese tiempo con ellos. Yo cenaré algo en casa y después me pasaré por la cantina para tomarme un par de cervezas.

—Tú nunca vas a tomar cervezas por ahí —su tono de desconfianza empezaba a no gustarme.

—Bueno, no deja de ser una noche especial. Que yo no la celebre no quiere decir que la gente no lo haga. Es un buen momento para encontrarse con... viejos amigos.

Tony me miró con suspicacia, mordiéndose ligeramente el labio inferior.

—De acuerdo, no insistiré más —dijo levantando la cabeza y apoyándola contra la puerta—. Te echo de menos —dijo en un tono prácticamente inaudible.

Alguien comenzó a empujar la puerta desde fuera para poder pasar, lo que forzó el que Tony se moviese para que la pudieran abrir.

La Nochevieja llegó y como Timothy, el dueño de la única cantina de todo Boommarang, no cerraba, decidí cenar allí su famoso entrecot a la parrilla y huevos fritos aderezados con una botella de vino tinto a la que me acompañó para despedir el viejo año y celebrar el nuevo.

Diez minutos después de la medianoche empezó a aparecer gente, algunos más afectados por el alcohol que otros, para continuar la fiesta que por ser aquella noche especial haría que Timothy no cerrara.

Cuando apuré mi última copa de vino, les vi entrar. Eran Tony y sus hijos.

Aquellos chicos hicieron girar la cabeza de varias de las jóvenes que se encontraban en el local; en especial la de las ayudantes del economato que se acercaron hasta ellos para entablar conversación, puesto que ya se conocían.

Tony les dejó allí viendo que aquellas chicas eran del agrado de ellos y, en cuanto me localizó entre toda la gente que había, se dirigió directo hacia mí.

–¡Feliz año nuevo, Lin!

–¡Feliz año, Tony!

El abrazo espontaneo que me dio en medio de toda aquella gente, me pilló desprevenido y permitió estremecerme al captar su perfume.

–Suerte que hay gente joven en el campamento para que se puedan divertir Sergio y Javier –le dije, recomponiendo mis sentidos tras separarme de él.

–Sí y sobre todo para practicar inglés. Ya les he dicho que les quiero aquí durante al menos tres semanas al año para aprenderlo bien.

–¿Y... Teresa, dónde está? –dije mirando alrededor con algo de recelo.

–Esperándome en casa –respondió.

–¡Ah, vuestro famoso polvo navideño! –recordé–. Vete entonces, no llegues tarde –dije forzando una sonrisa y evitando mirarle.

–¿Puedo invitarte a una copa? –preguntó haciendo caso omiso al comentario que yo le había hecho.

–Me acabo de terminar prácticamente una botella de vino yo solo. Me voy a acostar. Otro día me invitas, ¿vale? –dije palmeándole el hombro.

–Déjame que te acompañe a casa –insistió en seguir hablando conmigo.

–Tony, por favor –dije evitando mirarle a sus preciosos ojos negros.

—Necesito hablar contigo —dijo susurrándome al oído—, ¡Lin coño, déjame que vaya a tu casa, por favor!

—Bien, de acuerdo. Me voy primero yo, te veo allí en diez minutos.

Tony entró sin llamar al timbre. Me encontró descalzo y sentado en el sofá con las piernas cruzadas, esperándole. No sabía si aquello acabaría bien o mal, así que decidí no seguir bebiendo para mantener todos mis sentidos en guardia.

—¿Quieres que te prepare una copa? —dije para intentar romper el hielo.

Él se limitó a negar con la cabeza.

—Te quiero a ti —dijo apoyándose contra la puerta de entrada.

Aquello me pilló por sorpresa.

—Mira Tony, por favor, déjalo ¿vale? —me puse en pie acercándome a él para hacer que se fuera.

—¿Cómo coño quieres que lo deje? Te tengo a tan solo un par de casas de distancia y no paro de torturarme pensando que cada vez que te veo te alejas más de mí. Me estoy volviendo loco, no dejo de pensar en nosotros juntos a todas horas.

—Y yo no dejo de pensar en Teresa y en tu matrimonio, Tony. Va a sonarte a locura pero mi estilo no es este. He estado muchas veces con hombres casados pero sus mujeres no me invitaban a cenar y sus hijos no se sentaban conmigo a la mesa. Lo siento, pero me niego. No formaré parte de un montaje en el que mantengamos una imagen distinta en base a si ella se encuentra o no aquí contigo. No podría llevar esa doble vida y no soportaría la idea de... tener que compartirte con nadie —dije por fin sincerándome ante él.

—Yo no te pido que me compartas, no te pido que hagas nada de eso —dijo intentando que no desviara mis ojos de él—. Los chicos me contaron que su madre venía con ellos después de aterrizar en Perth.

Les daba miedo por si yo les decía que no. Pero me quedé tan sorprendido como tú, no la esperaba.

—¿Y no te sorprendiste cuando se te tiró encima para que te la follaras? —le grité.

—Se me tiró encima, sí, pero no me la follé —respondió.

—¡Pero el otro día dijiste que..!

—No Lin, no te dije nada. Me callé como un cabrón porque es verdad que estamos durmiendo juntos en la misma cama, es cierto que se me tiró al cuello el primer día y que lo sigue intentando cada noche, pero no es verdad que me la follara; primero porque no quiero y segundo porque no podría, ya no me excita absolutamente nada. Sin embargo, me la he cascado un par de veces pensando en ti, ¿te dice eso algo?

Me lo quedé mirando, esbozando una leve sonrisa ante su confesión.

—Sí, me dice que es una pena y un desperdicio que se pierda todo lo bueno que sale de ti.

Tony sonrió a su vez agachando la mirada.

Después, acercándose hasta donde yo me encontraba, me agarró de las manos pegando su frente a la mía y comenzó a acariciármelas.

—Se va dentro de unos días con mis hijos —dijo en voz baja—. Si he estado llevando este anillo ha sido exclusivamente por ellos. Pero tengo que dejarle claro a ella las cosas antes de que se monte en ese avión. Quiero el divorcio y lo quiero ya, así como quiero aclararles todo a los tres; pero te juro que no sé cómo hacerlo.

—Algo se te ocurrirá, sólo que ten cuidado e intenta que no sea lo último que tus hijos escuchen de ti antes de irse o quizás nunca más vuelvas a verles.

—Tienes razón —en ese momento separó sus manos de las mías para quitarse la alianza dorada y, yendo hasta el cubo de la basura, tirarla—. Esperaré hasta el día que se vayan y, avisando previamente a mis hijos, hablaré con ella sobre lo del divorcio para que lo medite de vuelta a

España. El machaque va a ser para los chicos. Pero espero que en cuanto estén todos los papeles y pueda ir a firmarlos a Madrid sea menos complicado, para ellos, aceptar mi nueva condición.

—¿Y qué condición es esa?

—Pues la de que estoy enamorado de un hombre maravilloso, honrado y cariñoso con el que pretendo compartir lo que me reste de vida. Y que espero que ellos sean comprensivos y a la vez partícipes de esa dicha, aunque sea en la distancia. Pero hasta que no estemos allí en Madrid no se lo podré contar ni a ellos ni a su madre. Espero que lo comprendas.

Consiguió sacarme los colores un poco y al instante sellé su boca con la mía, liberando la tensión que nos había mantenido inquietos toda esa semana. Sus brazos se movían como tentáculos liberándome de la ropa y liberándose a su vez de todo.

Cuando nos encontramos completamente desnudos, desvió su boca de mi cuello hasta mi oído para susurrarme:

—Quiero que me desvirgues, aquí y ahora.

—¿Y eso? —dije separándome de golpe para mirarle—. ¿Estás seguro? —aquella petición se me hacía extraña.

—Confío en ti. Este comienzo de año no quiero ser yo quién se folle a nadie, quiero que sea algo distinto. Necesito algo radical en mi vida y lo necesito contigo y ahora.

—De acuerdo, está bien —titubeé—. Pero si te molesta o algo me avisas y paro, ¿vale? Espérame... sentado en el sofá, ahora vengo.

Me fui al baño y regresé con un bote de vaselina que dejé sobre una mesita auxiliar.

Extrañado todavía por su petición, me arrodillé frente a él para hundir mi cara entre sus piernas, comenzando a hacerle una mamada para estimularle. Sus manos sobre mi cabeza acompañando el vaivén de la succión era algo que me encendía de manera inmediata; así que empujándole por el pecho, le hice tumbarse para poder acariciarle la zona perianal, introduciéndole un par de dedos ya lubricados en su interior sin dejar de chupársela.

—¡Oh Lin, adoro tu boca y esos dedos pero para o me correré así! —consiguió decir entre gemidos.

—No tan rápido —dije levantando la cabeza para mirarle a la cara. Mis besos comenzaron a subir por su abdomen en un recorrido que me llevó directo hasta su boca, permitiéndole que paladease su propio sabor dejado en mi lengua—. Date la vuelta y apoya tus codos sobre el reposabrazos.

Al instante, le tenía colocado en una posición que me permitía continuar excitándole antes del paso previo a la penetración. Me puse frente a él y enseñándole el bote de vaselina le animé a que me la extendiera por el pene, lo que hizo después de deleitarse con una felación que me terminó por excitar del todo. Sus dedos empezaron a cubrir mi pene con aquella sustancia viscosa y después, yo mismo cogí una buena porción con la mano.

Colocándome a sus espaldas, comencé a restregarme contra él haciendo que mi endurecido miembro se colase entre las cachas de su trasero, el cual se tensó ligeramente al notarme tan pegado.

—Relájate, mi amor —le susurré suavemente—, te voy a dar más placer del que has recibido en toda tu vida.

Comencé a besarle a lo largo de toda la espina dorsal, propinándole pequeños mordiscos en la cintura y en los glúteos, lo que recibió de buen grado. Después, cogiéndole por la cadera hice que terminara poniéndose de rodillas sobre el sofá y le animé a que colocara el pecho sobre el reposabrazos, lo que dejaba un ángulo favorable para la penetración.

Mi pene continuó regodeándose entre sus nalgas, a la vez que yo le embadurnaba el ano con la vaselina de mis dedos.

Después, alcanzando su miembro para masturbarle, le llevé al extremo de su propio placer. Y cuando verbalizó que estaba a punto de correrse si no paraba de nuevo, comencé la penetración pausadamente; primero me ayudé agarrándole por la cadera para que no se alejase de mí y, tras conseguir superar aquella primera fase, comencé a moverme cadenciosamente en su interior mientras mi mano volvía a meneársela para conseguir que se corriera antes que yo, lo que hizo llegándole el orgasmo de manera explosiva.

Ese fue el momento que aproveché para empezar a moverme ligeramente más rápido consiguiendo que, al separarme de él y poder observar mejor como se entregaba a mí permitiéndome que me lo follara y disfrutando de todo su cuerpo, llegase el éxtasis supremo que me hizo vaciar hasta la última gota de semen en su interior.

- 11 -

Después de salir del hospital y pasar por todas las pruebas que me tenía preparadas el colega de Javier, nos fuimos a su casa.

Martina, su mujer, había preparado una cena a base de marisco.

Yo intentaba que mi nieta quedase con sus amigos o con su hermana para entretenerse, pero su proteccionismo conmigo era aún más fuerte que el que su abuelo demostró por mí todos aquellos años.

–Estamos pensando en ir a veros el verano próximo en nuestras vacaciones –intervino Javier–. ¿Qué os parece?

–¡Genial! –exclamó Bettina–. Voy a llevaros a ver mi universidad y un fin de semana a Townsville, a ver el gran acuario. ¡Ah y a bucear! Tenéis que conocer a Samuel, os va a encantar.

–¿Quién es Samuel? –quiso saber Martina.

–Un medio noviete que se ha echado –dije yo esbozando una sonrisa.

–¡Abuelo! –Betty me dio un codazo en el brazo–. Es una cría de orca que apareció varada hace unos meses en las playas de Queensland y que cuidamos, en el Centro de biodiversidad dónde hago las prácticas, hasta que sea capaz de vivir sola. Es emocionante nadar a su lado.

–No sé yo si sería capaz de nadar al lado de una orca, ¡qué miedo! –dijo mi tío.

—Me parece una gran idea que vayáis –dije mientras me peleaba con un cangrejo para intentar quitarle el caparazón–. Por fin conocerás la casa, Martina, te va a encantar.

—Es una pasada, tía, el abuelo era un artista; le concedieron por ella el Premio Nacional de Arquitectura en la categoría de viviendas sostenibles. La luz solar y la brisa marina nos proporciona toda la energía eléctrica y agua caliente. Aunque no hubiera sido capaz de conservarla sin la ayuda del abuelo Lin. Él era un poco desastre para todo el tema de mantenimiento y al estar construida cerca de un acantilado se deteriora bastante.

—También me gustaría llevar a Martina a ver Boommarang –dijo Javier–, ¿qué te parece, Lin?

—Es que tiene nostalgia –intervino su mujer–. Tuvo que pasarlo muy bien allí porque últimamente está un poco pesadito con lo de ir a ver aquello.

—Por que la última vez que fuimos Sergio y yo a Byron Bay, me fue imposible convencerle para que me acompañara. Mi padre ya se encontraba mal y no me apetecía ir a mí solo. Y sí, es verdad, me trae buenos recuerdos. Además, tiene que estar muy cambiado, seguro que me impacta.

—No lo vas a reconocer, es completamente distinto a lo que conociste –le dije–, entre otras cosas ya no existe el almacén de las chicas, ahora es un complejo comercial con varios edificios llenos de tiendas.

—Bueno, bueno, eso no me lo habías contado. ¿Qué es eso del almacén de las chicas? No sería una casa de señoritas cariñosas, ¿verdad? –preguntó Martina haciendo que a Javier se le subieran los colores.

—No mujer –respondí en defensa de él–, era el economato de víveres y demás enseres que nos abastecía a todo el campamento original de la ciudad de Boommarang.

—Allí había un par de chicas que eran uno de los pocos alicientes que teníamos mi hermano y yo cada vez que íbamos. Eso y la cantina, dónde nos pasábamos las horas muertas jugando a los dardos y al *snooker.*

—Bueno, las chicas también os sirvieron para aprender a hablar tan buen inglés –dije guiñándole un ojo.

—Ya te digo si nos sirvieron –confirmó Javier.

—¡Así que eras un ligoncete, eh tío! –exclamó Betty.

—Todavía lo sigue siendo –dijo Martina–. Ya he visto yo a un par de enfermeras en el hospital que no le quitan ojo de encima.

—¡Bah, no te creas! Si tuviera la mitad de pelo que tiene Lin, ligaría mucho más.

—¡Javi! –exclamó Martina dándole un pequeño codazo de aviso.

—¡Auuu! ¡Es broma, si yo sólo tengo ojos para ti, pequeña! –respondió él dándole un beso en la mejilla.

—Javi, ¿puedo preguntarte algo personal? –dije.

—Sí, Lin, lo que quieras.

—¿Cómo fue la primera vez que os enterasteis de..? Ya sabes, que vuestro padre se había pasado al otro lado.

—Al lado oscuro de la fuerza, como lo llamaba la abuela –dijo Bettina agravando la voz a propósito–. ¡Ja, ja, ja, qué cosas tenía!

—¡Joder, aquello fue tremendo! Cayó como una bomba de racimo. Recuerdo el viajecito que nos dio mi madre cuando regresamos de nuestra primera Navidad allí en Boommarang; y eso que aún no sabíamos nada de lo vuestro, solamente el planteamiento de divorcio hecho por mi padre. Y por supuesto, el coñazo anterior que nos dio para irse con nosotros, que ya sabíamos Sergio y yo que iba a salir fatal, pero bueno; al menos se comportaron en esos días.

Al llegar a Madrid, de vuelta de aquel viaje, mi madre estuvo inaguantable durante meses. Gracias que Sergio, a través de un profesor suyo especializado en el tema, la convenció para que fuera a verle a su despacho privado y comenzase el proceso de separación de una vez, sino yo hubiera terminado yéndome de casa, os lo juro.

Después llegó el verano y papá se presentó en casa con mamá tras haber firmado los papeles del divorcio, reuniéndonos a los tres para comunicarnos algo. Y fue una suerte que Sergio y yo ya lo supiéramos por él desde la noche antes, lo cual yo personalmente le agradecí, porque al soltárselo a mi madre si no llega a ser por el placaje que le hicimos, lo mata seguro. ¡Enloqueció en un segundo! Yo estaba acojonado con la situación. Y otra vez gracias que Sergio estaba ahí y se tragaba todas sus charlas, sino hubiera sido otra cosa que yo no hubiera podido aguantar. Aunque eso le duró prácticamente hasta su muerte y de nada le sirvieron todos esos años de terapia pagada por mi padre. Ella nunca superó vuestra historia, nunca jamás.

−¿Y tú? −le pregunté.

Para mí quizás lo más gordo de todo fue cuando Sergio me llamó por teléfono a la facultad y me dijo que saliera de clase inmediatamente y que me fuera al hotel dónde os hospedabais. Primero que no sabíamos que tú habías venido a Madrid con papá para lo de la firma del divorcio con el abogado.

−Él insistió ya lo sabes, tampoco era plato de gusto para mí −le respondí.

−Ya, ya lo sé. Yo hubiera intentado escaquearme también. Lo que no me imaginaba es que mi madre fuera a llevar a efecto lo que pensaba. Todavía me pregunto cómo coño la dejaron pasar a vuestra habitación, casi te mata.

−¡¿Queeé?! −exclamó Betty-. ¿Qué es lo que te hizo la abuela?

−Uno de aquellos días en que Tony decidió que comiéramos con sus hijos para presentarme oficialmente ante ellos cómo su nueva pareja, aunque estos ya me conocían cuando vinieron por primera vez a

Boommarang, Teresa consiguió meterse en nuestra habitación y esperar escondida dentro de un armario.

–Se enteró de donde se hospedaban porque escuchó a hurtadillas el mensaje que mi padre le había dejado a Sergio en su móvil para encontrarnos con ellos –dijo Javier.

–Yo subí un momento a la habitación para coger más dinero y en cuanto abrí la puerta del armario donde se ocultaba la caja de seguridad, vi un bulto que se me abalanzó encima. Lo siguiente que noté fue un dolor intenso a la altura de la clavícula y un montón de sangre manchándolo todo.

–Suerte que mi madre no era muy grande y pudiste evitar que continuara propinándote cuchilladas a diestro y siniestro –observó Javi.

–Sí y suerte también que me pillara a mí en vez de a él, sino igual os habíais quedado sin padre. Alguien de los de la limpieza escuchó los gritos y llamaron a los de seguridad. El gerente avisó a Tony, que estaba en el lobby junto a Sergio esperándome, y cuando llegaron a la habitación la cólera de vuestro padre hizo su aparición. Comenzó a gritar a Teresa sin parar y aunque Sergio intentaba calmarle, no lo consiguió hasta que llegaron las ambulancias para llevarme a mí a urgencias del hospital y a ella a la clínica de salud mental dónde estuvo ingresada casi un mes.

–¡Jolín con la abuela! Por eso tienes esa cicatriz en el pecho. Nunca me habíais contado eso, Lin –dijo Betty–. ¿Lo sabe Ruth?

–¡No cariño, tampoco! Sólo fue un susto, nada más. Vuestra abuela jamás volvió a estar ingresada, pasó a ser un episodio puntual. Y al no haber denuncia por mi parte, no era delito. Tony antes de tener que irnos para Australia se cercioró, con los médicos que la trataban, de que no fuera a ser un peligro para sus hijos.

–Sí, incluso nos llegó a plantear que nos fuéramos internos a un Colegio Mayor hasta que nos alquilara un apartamento para los dos.

Cualquier cosa para evitar ponernos en peligro. Pero mamá mejoraba por días en el sanatorio y fuimos pulcros en las visitas semanales al psiquiatra que mi padre le pagaba, por lo que aquello se superó con éxito. Según pasaban los años hablaba cada vez menos de mi padre. Por supuesto tú, Lin, era como si no existieras.

−¿Fue por eso que no viniste con el abuelo al funeral de ella? −preguntó Betty.

−No hija, no. Yo no le guardaba rencor a Teresa, ella había sufrido demasiado con esta situación. No vine por sus hijos, hubiera sido irrespetuoso por mi parte venir al funeral de su madre, acompañando además a su padre en calidad de esposo.

El día que nos llamasteis para darnos la noticia de su fallecimiento; Tony salió de casa, sin mediar palabra, y al cabo de unas horas apareció con un par de billetes de avión diciéndome que preparase el equipaje para venirnos un par de semanas a Madrid. El mal humor que le entró cuando le dije que no le acompañaría, le duró prácticamente hasta su vuelta. Y porque estaba ilusionado con la idea de que su querida nieta fuera a estudiar a Brisbane y a vivir cerca de nosotros, sino seguramente hubiera seguido sin hablarme hasta el día de su muerte.

−¡Hala abuelo, qué exagerado! −dijo Bettina.

−No hija, cuando a Tony se le metía algo entre ceja y ceja era bastante cabezón. Pero aquello era un momento íntimo, tenía que reconciliarse con ella y sobre todo apoyar a sus hijos, no era momento de que yo irrumpiera con mi presencia.

−Estaba bien cabreado, sí −comenzó a recordar Javi−, pero no tanto porque no le acompañaras hasta aquí sino porque lo eras todo para él y así quería demostrárselo al mundo entero. A Sergio sin embargo, sí que le vino bien que no vinieras. Siempre fue más reservado con vuestra historia así que le hiciste un gran favor. Durante todos aquellos años, a mi padre el que yo no fuera a terapia no le extrañó pero insistía una barbaridad en el caso de Sergio; y este se negaba en banda a escucharle cada vez que se lo repetía.

–Sí, quizás un poquito de terapia le hubiera venido bien a mi padre. A lo mejor así no se hubiera separado de mamá.

–Bueno lo de la separación de vuestros padres es harina de otro costal, Betty. Tu madre no es mujer de un solo hombre, ya lo sabes –le respondió Javi.

Hablar de Tony conseguía hacer que pasara el tiempo más rápido e incluso era una manera de acercarles su padre a los chicos y su abuelo a las niñas. Tantos años había pasado a mi lado, alejado de ellos, que generaba una especie de catarsis familiar el profundizar y rememorar toda nuestra vida juntos.

–¿Pero bueno cuál es el problema que tiene mi padre con el abuelo Lin? Sí, es gay, ¿y qué? Ellos dos se han demostrado más amor y cariño que muchas de las parejas hetero que conocemos. Mírale a él y a mi madre, no duraron ni cinco años juntos, ¡menudo hipócrita está hecho!

–¡Bettina, no tengas esa imagen de tu padre! –le recriminé–. No todo el mundo asimila las noticias de la misma manera. No tuvo que ser fácil para él asumir la responsabilidad de cuidar de su madre y de hacer de hermano mayor estando su padre tan lejos, y mucho menos aceptar que su padre se acostara y viviera conmigo; sin hablar del sentimiento de abandono que tendría, claro.

–Yo realmente creo que papá lo hizo todo por nosotros. De eso no me cabe la menor duda.

–Sí, pero eso es lo que piensas tú, Javi –intervino Martina.

–Pues yo hubiera hecho lo mismo que él, si me hubiera visto en aquella situación desesperada de no poder ofrecerle a mis hijos un futuro mejor. Fue horroroso cuando mi padre se quedó en el paro, no le salía absolutamente nada con toda la formación y la experiencia que tenía; y sólo veíamos que los ahorros de su vida se agotaban rápidamente. Además, mi madre tampoco es que fuera una santa; en los primeros meses, después de irse papá a Boommarang, por mi casa pasaron varios de sus "recién conocidos amigos" y os aseguro que no iban a tomar café. Dudo que todo eso se lo contara a mi padre el día que él le confesó vuestra relación, simplemente ella se agarró a que lo denigrante y desleal fue lo que nos hizo él a nosotros.

—¿Veis? El tío Javi lo tiene claro, no entiendo por qué mi padre no lo puede ver del mismo modo. Jamás lo entenderé —comentó Betty ofuscada.

—A mí una de las cosas que me ayudó bastante fue el hecho de que Lin no fuera amanerado —continuó diciendo Javier—. Os parecerá una tontería, y hasta me da vergüenza confesároslo, pero eso sí que me hubiera echado para atrás. Asimilar que a tu padre le gusten los hombres se hace raro pero si encima se trata de una loca, igual yo también te hubiera rechazado, Lin, no lo sé.

—Sí me hubiera salido algo de pluma en Boommarang no hubiera durado ni dos días. He estado en muchos sitios como ese y casi siempre rodeado del mismo tipo de hombres; fornidos obreros, en la mayoría de los casos súper machistas, que de haberse enterado de la tendencia sexual de algunos pocos de nosotros nos hubieran largado de allí a hostia limpia.

—Ja, ja, ja, sí es verdad, aquello parecía más el antiguo oeste que otra cosa —recordó Javi—. ¿Por eso es por lo qué no os casasteis antes mi padre y tú?

—Sí, principalmente —contesté alzando la vista al techo mientras sonreía.

—¡Quince años llevando en secreto vuestro *affaire*! ¡Guauu, qué pasada! —exclamó Martina.

—Sí, la clandestinidad tenía su punto, no te creas —reí por lo bajo al tiempo que lo recordaba.

—Bueno, bueno no hace falta que entréis en detalles, anda —dijo Javi un tanto sonrojado.

—¿Y nunca nadie sospechó nada? —quiso saber Martina.

—No, tal vez aquellos con los que yo había estado enrollado anteriormente. Pero por la cuenta que les traía les interesaba más a ellos que a mí estar calladitos. Por suerte, la mayoría se fue de Boommarang mucho antes que nosotros.

—¿Y qué tenía Boommarang para hacer que os quedarais allí tanto tiempo? —dijo Betty—. No sé como no acabasteis trastornados, allí no hay nada.

—Había trabajo el que quisieras, cariño. Fue nuestra oportunidad de mudarnos a Byron Bay, construir la casa de nuestros sueños y poder vivir juntos como esposos sin tener que estar ocultándonos de nadie.

—También la manera de poder mantener una familia entera aquí en Madrid, Betty —dijo Javi—. Mi madre nunca más volvió a trabajar y nuestras carreras, así como los médicos de la abuela, lo pagaban ellos íntegramente.

—¿Volvisteis a Boommarang alguna vez después de asentaros en Byron Bay? —preguntó Martina.

—Más Tony que yo. Él mantenía proyectos abiertos que tenía que revisar. Yo regresé en un par de ocasiones para acompañarle y una vez con Betty para enseñárselo; pero aunque fue el sitio donde conocí al amor de mi vida y allí pasamos algunos de nuestros mejores años, también había malos recuerdos que mi mente deseaba olvidar.

—¡Lin, cuéntame como fue vuestra boda! —preguntó Martina.

—Ja, ja, madre mía —sonreí—, me haces remontarme más de veinte años atrás.

—No importa, todavía nos queda otra botella de vino fresco por abrir —dijo Javier que se levantó a buscarla a la cocina.

—Tony tuvo claro, nada más pisar Byron Bay después de nuestro traslado definitivo desde Boommarang, que me llevaría ante un juzgado para casarnos aunque fuera atado.

—¿Tanto te hiciste de rogar? —se sorprendió la esposa de Javi.

—No, no era eso. Yo lo deseaba tanto como él pero no hubiera sido buena idea. Cómo os he contado antes, haberlo hecho mientras vivíamos en Boommarang hubiera sido una completa locura. Habría figurado en todos nuestros expedientes y contratos y eso era lo que había que evitar. Así que cada vez que le entraba el arrebato, obtenía mi negativa por respuesta. Llegó a ser pesado hasta más no poder, de verdad. Es más, cuando supo que nos mudábamos en unos meses y escudándose en alquilar una casa cerca de los terrenos que habíamos comprado para construir la nuestra, estuvo preparando en secreto todos los papeles que necesitábamos.

—¡Qué romántico! —exclamó Betty apoyando la cara sobre las dos manos.

—Esta historia la has oído ya mil veces, cariño —le dije.

—Ya, pero me encanta —contestó ella elevando los ojos al techo—. ¡Ojalá alguien hiciera eso por mí!

—Continúa, Lin, continúa —pidió Martina mientras rellenaba las copas con más vino.

—Llegamos a Byron Bay, soltamos las maletas en la que sería nuestra casa provisional durante las obras y con la excusa de ir a comer algo, me llevó hasta el faro de la bahía de Byron donde ya nos esperaba un juez con los anillos y un par de testigos que ni conocíamos. Me costó reaccionar, pero rebosaba tanta felicidad que me dejé llevar por una vez en la vida. Todo pasó tan rápido que cuando quise darme cuenta ya estábamos en Fiji de luna de miel.

Quince maravillosos días en las paradisiacas playas de Fiji. Desde luego fue el colofón perfecto a toda una vida de trabajo y a un deseo común por fin realizado. Y todo ello sin que mediaran ya burlas, represalias ni ofensas ante la imagen de un par de hombres maduros, enamorados y recién casados.

Contarlo delante de los chicos era algo demasiado íntimo, pero mejor que aquel día de nuestra boda fue la primera petición que me hizo para casarnos y que dio comienzo a una serie de peticiones que realizaba cada año, en la misma fecha, tomándoselo como una tradición; aunque de sobra sabía la respuesta.

Justo el día anterior a que llegaran sus hijos para pasar con nosotros sus segundas Navidades en Boommarang, una mañana cercana al mediodía y bajo un sol demencial de verano austral, varios compañeros y yo nos refrescábamos frente a las oficinas de los técnicos e ingenieros; cascos fuera, botella de agua chorreándonos por la cabeza y después apurándolas hasta vaciarlas para hidratarnos y proporcionarle a nuestros cuerpos parte del líquido perdido durante el trabajo.

Al instante, alguien abrió una de las ventanas llamando mi atención.

–¿Lin, tienes un minuto? –mi jefe de exteriores alzó la voz. Según me acerqué para ver qué quería vi a través de la ventana a Tony sentado alrededor de una mesa llena de planos con la mirada fija en mi camiseta mojada y con la boca ligeramente entreabierta–. ¿Te importa pasar un momento? Necesitamos que nos hagas un favor.

–Vale, enseguida voy –le respondí.

Me despedí de los demás chicos del trabajo y cogiendo la mochila y el casco, entré en las oficinas que había montadas en aquellas provisionales casetas.

–Buenos días –saludé a todo el mundo, clavando mis ojos al final en los de Tony.

—¡Ah, qué bien que estás aquí, Lin, adelante! Uno de los capataces de hormigón ha tenido que irse a Broome por una urgencia y necesito que le expliques a estos muchachos, que han llegado nuevos hace unos días, el rellenado de los pozos para que mañana se pongan a funcionar. No te llevará mucho tiempo.

Realmente tocar varias áreas de trabajo en el campamento era tedioso, a veces me tenían como chico de los recados y maestro de otros.

—Sí Sean, ningún problema —respondí con una sonrisa forzada.

—¡Genial! Te ficho la salida una hora más tarde. Me los voy llevando para enseñarles el lugar y tú ve con Antonio cuando terminéis de revisar los planos. Os esperamos allí.

—¡Ok! —contesté.

El jefe salió junto con los nuevos, dejándonos solos en la oficina a Tony y a mí.

—Bueno, veamos el lugar exacto que le tengo que explicar a esos —dije mientras soltaba la mochila sobre una silla.

—Sean te ha cogido un poco a traición, ¿no? ¿Habías acabado ya? —preguntó Tony.

—Sí, me iba a casa a darme una ducha helada, ¡hace un calor de mil demonios ahí fuera!

—Ya, es verdad —dijo rozándome ligeramente con su dedo la mano que yo tenía apoyada sobre la mesa.

—¿Qué sabrás tú, arquitecto? —dije mirándole de reojo—. Aquí estáis bien fresquitos con el aire acondicionado.

—Sí, pero eso no quita para que me apetezca darme una ducha contigo —empezaba a hablarme demasiado cerca.

—Tantas duchas al día no son buenas. Te van a destrozar el ph de tu maravillosa piel —dije flirteando con él—. Además, yo en comparación contigo estoy mucho más sudado y sin camiseta para cambiarme, se me olvidó coger una esta mañana; así que tendréis que aguantar el tufo si queréis que explique algo.

—Me encanta cuando sudas —dijo rozándome con la nariz el cuello y propinándome un mordisco de paso.

—¡Ujuju! Pisas terreno pantanoso, amigo —me aparté de su lado unos pocos centímetros.

—Más lo haces tú incitándome como lo haces mientras te chorrea el agua por la cabeza y te empapa la camiseta por completo, marcando la musculatura de este torso que tanto me gusta tocar —dijo revisándome de soslayo con la mirada más libidinosa que hasta entonces me había lanzado, al tiempo que colaba su mano por debajo de la prenda comenzando a acariciarme el pecho.

—¡Eh, que no era mi intención! —exclamé—. No sabía que estabas mirándom...

Me acalló con sus labios, empujándome contra la pared que se ocultaba a la vista de todos los que pudieran pasar por delante de aquella ventana. Sus manos tanteaban mi trasero, mientras la presión que ejerció contra mi cuerpo me impedía respirar.

—¡Tony, Tony, para cariño! Podría entrar alguien.

—¡Me da igual! Que entre quién quiera —respondió.

—Escucha, vamos a rematar esto con los nuevos y almorzamos juntos en casa —conseguí escabullirme de él, pillando mi mochila y los planos que tenía desplegados sobre la mesa para obligarle a salir detrás de mí.

—No corras tanto que se les va a hacer extraño ver la trempada que tengo —oí como decía a mis espaldas.

—Yo no tengo la culpa de que seas tan sensible —dije sin girarme.

—Ni yo puedo evitar que estés tan bueno —me respondió a su vez.

Consiguió arrancarme una carcajada que a punto estuvo de hacerle saltar otra vez sobre mí.

—Coches separados —le advertí levantando un dedo.

—El caso es evitarme, ¿eh?

—No por mucho tiempo —respondí, guiñándole un ojo—. Nos vemos allí.

Cuando llegamos al lugar exacto donde estaban los pozos ya excavados, descendí con el uniforme reglamentario; chaleco reflectante, casco de obra, gafas de protección sobre las de sol, guantes. Lo que no sé si calmó su ardor o le aceleró aún más.

Vi que la cuba estaba preparada en mitad del terreno. Hice una señal al camionero para que supiera que iba a cogérsela prestada y comencé explicando, al tiempo que lo mostraba, el vertido de la capa de hormigón de limpieza directamente sobre la tierra de unos de los pozos abiertos. Después me los llevé para que vieran, en uno con esa base previamente endurecida, cómo quedaban insertadas las armaduras; y subiéndome a la hormigonera para moverla de lugar y colocarla en posición, les enseñé como terminar de rellenarlos por completo.

Llegados a ese punto, Tony le prestaba más atención al marcaje de mis brazos bajo aquella camiseta ajustada mientras repartía el hormigón que salía por la canaleta, que a lo que realmente les estaba diciendo a los nuevos.

—¡Y ahora viene lo más divertido, señores! —les dije yendo a cogerlo para que lo vieran—. Usar el vibrador para batir el hormigón, moviéndolo con energía para que se reparta y no quede ni una bolsa de aire —conecté la manguera vibradora y acercándome hasta el pozo les mostré cómo se hacía—. Hasta aquí toda la explicación —dije después de desconectarla.

—Muchas gracias. Siempre es un placer contar contigo —dijo Tony en voz alta.

—Sí gracias, Lin —contestó mi jefe—. Ahora a almorzar todo el mundo.

–De nada. ¡Hasta mañana, chicos, jefe, Tony! –viendo cómo se marchaban, me dirigí a limpiar la manguera vibradora para dejarla colocada en su sitio.

Tras acabar, me metí en mi coche y puse rumbo a mi casa por el camino de tierra que separaba las obras de lo que era la zona residencial.

Tony apareció de repente, adelantándome con su todoterreno y obligándome a salir del camino principal para adentrarnos en el *Pindan*, árido y rojizo rodeado de matorral bajo, dónde los coches se podían ocultar de la vista de todos los que pasaran por allí.

Paré el motor y esperé hasta que él descendió primero de su vehículo, echándose el pelo hacia atrás y cerrando con un portazo demasiado potente. Después, colocándose frente al capó del mío, señaló con el dedo índice de una mano que saliera del coche mientras comenzaba a desabrocharse el cinturón con la otra.

–¿Aquí? –pregunté extrañado mientras salía–. ¿Con el calor que hace?

–Me has puesto tan cachondo que no llego a casa. Además, no tengo tiempo para almorzar, me esperan en una reunión dentro de cuarenta minutos.

–Creía que me ibas a dar una reprimenda con el cinturón por haberte encendido –dije colocándome entre él y mi coche, mirándole con una sonrisa, mientras me liberaba de la camiseta sudada.

–No digas eso ni en broma –su mano al pasar por mi pelo me inspiraba toda la seguridad que nunca antes me había hecho sentir nadie–. Sabes que jamás te pondría una mano encima.

Su boca necesitada abarcó la mía por completo, acariciándome el pecho y agachándose después para mordisquearme los pezones. Descendió hasta ponerse de rodillas, mientras me desabrochaba el pantalón por el camino; ofreciéndome placer con su boca, sin parar, y consiguiendo estrujar de mi pene hasta la última gota de su esencia.

Le obligué a incorporarse para ofrecerme sus labios aún rebosantes de mi propio sabor y, girando mi cuerpo para apoyarme sobre el capó de mi *pick-up* con las piernas ligeramente abiertas, le ofrecí el consuelo que llevaba unas horas deseando concederse.

Su penetración fue más acelerada e intensa que de costumbre, manteniendo su cuerpo tan pegado al mío que podía notar su boca clavada en mi hombro, mordisqueándolo mientras yo le succionaba el pulgar de su mano izquierda hasta conseguir hacernos alcanzar un orgasmo prolongado que sació por completo nuestro ardiente deseo.

—Te quiero, Lin —dijo sin salir de mi interior—, te quiero tanto que porque sé que todos los tíos de los que estamos rodeados no se fijarían en ti ni en cien años, sino me volvería loco de celos.

—Sabes que sólo te pertenezco a ti, que no tienes nada que temer. Y también sabes que mi intención no es provocarte aunque... después de esto, quizás lo repita algún día; se me hace muy raro ver que tienes estos arrebatos de lujuria, y me encanta.

—Es que no sé que me das, te lo juro, me vuelves loco y... no sé si puedo seguir con esta situación. Por eso, tengo que decirte algo —dijo mientras se apartaba de mí y rebuscando unos pañuelos de papel en el bolsillo de sus pantalones, para limpiarnos, conseguía terminar de subírselos y abrocharse—. No quiero que te sientas agobiado ni nada y quiero que sepas que únicamente son mis paranoias, ¿vale? Llevo pensándolo desde que llegamos de Madrid en julio y...

—Bien, cuéntame qué pasa —dije terminando de recolocarme la ropa yo también.

—Joder, creía que iba a ser más fácil —expulsó todo el aire que tenía en los pulmones como si acabara de hacer un esfuerzo sobrehumano—. No podía esperar más para decirte que no quiero seguir con esta situación. No sé tampoco si he elegido el mejor momento para ello, la verdad.

—Espera un segundo —dije recogiendo del suelo mi camiseta todavía humedecida y manteniendo una distancia prudencial con respecto a él. No crees que será mejor que lo hablemos esta tarde cuando regreses del trabajo.

—Sería más apropiado, sí, pero no puedo dejar que siga pasando el tiempo sin decírtelo, quiero que esto se acabe de una vez —Tony cogió también un poco de distancia con respecto a mí, atusándose de manera nerviosa el pelo que llevaba tan largo como a mí me gustaba.

—¡Hostia Tony, no puedo creer que hayas elegido este momento! —me eché las manos a la cara intentando ocultar la certeza, la confusión y las lágrimas que comenzaron a aparecer en cuanto me percaté de lo que ocurría—. ¡No aquí y después de haberme follado, joder no!

—Ya, no he sido demasiado romántico, lo siento, pero... oye, ¿qué te pasa? ¿Por qué estás llorando? —dijo acercándose para mirarme la cara—. ¡Lin! ¿Qué pasa? Dime algo —se atrevió a alzar mi barbilla para corroborarlo.

—¡Joder, Tony! —exclamé apartándome de él para que no me tocara—. ¡Pues que podías haber elegido cualquier otro sitio que no fuera la puta mitad del desierto para cortar conmigo! —le grité.

—¿Qué has dicho?

—¡Qué te vayas a la mierda! ¿Entiendes eso? —dije con toda la furia que tenía dentro, sin apartar mis ojos de los suyos.

—No, Lin, por favor, ¿qué has dicho? No he entendido las ultimas palabras —me paró en el recorrido hacia mi coche, agarrándome por el brazo.

—Que si querías romper nuestra relación podías haber elegido otro lugar y desde luego no después de echar un polvo —dije sin soltarme de su agarrón y mirándole fijamente—. ¡Claro, que ahora estoy doblemente jodido! Muchas gracias, Tony, muchas gracias.

114

—¡¡Yo no estoy rompiendo contigo, Lin!! ¿Qué es lo que he dicho que te haga pensar eso?

En ese momento me sentí mas confundido aún.

—Pues lo de que no puedes continuar con esta situación y que son tus paranoias, que no me agobie y todo eso de que quieres que esto se acabe de una vez; evidentemente estás arrepentido de haber salido del armario y arrepentido de estar conmigo —mi tono de voz seguía siendo demasiado elevado.

—¡¿Qué?! ¿Pero qué dices?

—¿A ver sino que es eso tan secreto que no puede pasar más tiempo sin que me cuentes? —pregunté indignado.

—Pues algo sobre lo que sé qué opinión tienes al respecto. Y precisamente porque lo sé, no quiero que te aparte a ti —dijo señalándome— de mí. No quiero que llegues a pensar que me quiero aprovechar de tu condición de australiano y sobre todo no quiero que te quepa la menor duda de que lo hago por amor, y esto es algo que ya he meditado de sobra en todos estos meses y que tengo clarísimo.

—Pero, ¿de qué se trata? Me lo quieres contar de una vez —le increpé con los ojos medio llorosos todavía.

—Quiero que te cases conmigo, Lin, se trata de eso. Quiero dejarme ya de gilipolleces y al que no le guste que no mire. Mis hijos, que son lo más importante del mundo para mí aparte de ti, ya lo saben; el divorcio ya está concedido, a nadie tengo que dar explicaciones y deseo que vivamos juntos por el resto de nuestras vidas. ¡Joder, cómo se te ha podido ocurrir que yo quería romper nuestra historia! ¡Por amor de Dios, Lin!

Me había quedado tan estupefacto que no pude ni responderle.

—Lo más seguro es, que el que no aguante tanto a mi lado seas tú. Nos llevamos diecisiete años por si no te has dado cuenta y esos no pasan en balde, pero aún así me da igual. Compartiré la vida contigo hasta que tú quieras, tú decidirás eso no yo. No voy a obligarte a estar al lado de un viejo cuando aún puedas disfrutar de la vida, no me creas tan egoísta. Es ahora cuando necesito saber que eres mío y sólo mío. Y cuando tú quieras que deje de ser así lo será, te lo prometo, no interferiré en tus decisiones; separación, divorcio, doble vida, lo que necesites.

Mis lágrimas volvieron a aflorar nuevamente, esta vez de alegría.

—¡Ay Dios! ¿Y ahora por qué lloras? ¿No me he explicado bien? ¡Lin, responde!

—No, no es eso —sonreí—, lo has explicado muy bien —sólo pude encontrar consuelo entre sus brazos—. ¡Joder cariño, me habías acojonado, te lo juro!

—Y tú a mí, amor —sus labios rozaron mis mejillas, limpiando con sus besos hasta la última gota salada que corría por ellas—. Entonces, ¿cuál es tu respuesta?

—Tony, yo te quiero muchísimo y ahora mismo no sé que haría sin ti pero... no puedo decir que sí a tu propuesta, y tú lo sabes. Al menos, no por ahora.

—¿Pero por qué? Joder Lin, miles de parejas gays se casan hoy en día alrededor del mundo y no pasa nada.

—¡Pero que empeño con casarse! Que Australia no concede aún el derecho de casarse a los homosexuales, eso es en Nueva Zelanda.

—Ya lo sé, pero en España ese derecho está aprobado desde hace bastante, ¡casémonos allí!

—A ver si te centras, Tony, porque este calor te está friendo la sesera. ¡No te das cuenta que no estamos en la zona más chic y bohemia de los barrios gays de Sídney o de Melbourne! ¡Que no vivimos rodeados de locales de ambiente y saunas de alterne! ¡Que en el puto Boommarang no se hacen fiestecitas del orgullo gay ni nada similar! No te pongas a buscar revistas o pelis homo aquí porque no las vas a encontrar; y si alguno de estos recios trabajadores intuye que son tu género favorito, prepárate porque eres hombre muerto. ¿Estimas en algo tu trabajo aquí? Contesta, ¿lo estimas o no?

—Pues claro, Lin, claro. Como no lo voy a hacer si me salvó la vida hace un año.

—Pues yo también estimo el mío y mucho. Me he creado una reputación en la construcción y en el sector de la minería que no pienso tirar por tierra. Y créeme, estoy harto de escuchar bromas fáciles y chistes soeces sobre maricas; y podría soportarlas en contra de mí, pero no me da la gana de darles ese gusto. Yo no creo que mostrándonos frente a la gente como en verdad somos vayamos a cambiar el mundo. Al menos no aquí en Boommarang, como tampoco lo fue en el resto de campamentos de minas que hay repartidos por este país y en los que ya he estado. Cariño, esto es como el puto oeste americano sólo que sin los indios.

—¡Cojonudo! Ahora el palo me lo has dado tú a mí. ¡Vaya chasco! —exclamó cruzándose de brazos mientras se apoyaba en el frontal de mi coche mirando al horizonte.

—A ver cielo, que no es un no rotundo. Pues claro que yo también me quiero casar contigo pero no ahora y desde luego no mientras vivamos en Boommarang.

—¡Ah, bueno! —volvió a soltar todo el aire que tenía dentro—. Eso es otra cosa.

—Lo ves, no todo tiene que ser tan negro ni tan blanco —le dije.

—Sí, al menos hay visión de futuro. Me gusta —se quedó medio pensativo—. Pero yo tengo que insistir, al menos cada año que sigamos aquí, con lo cual estamos hablando de unos... ¿cuántos años más calculas tú que me vas a seguir haciendo esperar?

—Eso... dependerá de lo que quieras invertir conmigo en una casa cerca de la costa, diseñada por ti y construida bajo mi supervisión.

Quizás hablamos de unos diez años más para ahorrar un buen fondo, ¿aguantarás?

—¡Qué remedio, cuando algo se me mete entre ceja y ceja lo tengo que conseguir! Así que sí, creo que aguantaré.

Y vaya si aguantó, quince años más en total hasta nuestro "sí, quiero" definitivo y quince años en los que cada uno de ellos celebrábamos, como una tradición, la misma petición, el mismo día, aunque en distinto sitio y con renovada pasión.

- 12 -

Ultimamente, la imagen recurrente de Ahmad en mis sueños me hacía despertar sobresaltado consiguiendo que el corazón me latiese más rápido de lo habitual:

"Tú engañar a mí, tú engañar a mí, tú engañar..."

Desde la muerte de Tony no conseguía sacar de mi cabeza a aquel error de amante que tuve. Noche tras noche, la tortura de su recuerdo se convertía en una penitencia.

Durante tanto tiempo, estando en Boommarang, intenté evitar que Ahmad interfiriese en nuestras vidas que aún a día de hoy la sensación de su continua vigilancia se me antojaba posible, dejándome paralizado en plena calle por la sensación de escuchar sus pasos detrás de mí, sintiendo su aliento en mi cogote, creyendo que su fantasmagórica y tenebrosa presencia querría seguir sometiéndome y torturándome a su antojo; por venganza o, tal vez, por mera diversión.

Desde la advertencia que yo le había hecho a Ahmad, tras descubrir que nos había observado durmiendo a Tony y a mí la primera noche que estuvimos juntos en su casa y de donde cogió como prueba una corbata, pasaron varios meses sin cruzarme con él.

Lo evitaron mis turnos de trabajo como capataz de hormigón de las cimentaciones, después la mina o la movilidad a la que me sometían de una a otra de las obras abiertas en aquella inmensa y novedosa colonia

119

humana que era la emergente ciudad de Boommarang y más que nada la discreta vida en pareja que llevábamos Tony y yo, sin necesidad de tener que alternar ni de exhibir la amistad cerrada entre dos hombres adultos que pudiera llegar a levantar algún tipo de sospechas por el hecho de no separarnos ni un momento.

Sin embargo, uno de los grandes errores que cometí con Ahmad fue creer que el rencor que sentía por haberle dejado no le haría tomar represalias contra nosotros. No quise pensar que estaría tan loco como para convertirme en su cegada obsesión y confiaba en que con el tiempo se calmaría, conocería a alguien y se olvidaría de mí.

A Tony le advertí sobre una serie de precauciones que tenía que tomar para evitar un encuentro fortuito entre ellos. También le mostré los provisionales módulos adosados que compartían los vigilantes de seguridad de la compañía, hasta que estuviese acabado para ellos el edificio de apartamentos que se iba a proyectar.

Le llevé a la zona de trabajo de Ahmad que consistía en turnarse entre la mina, las semanas que custodiaba los armeros de explosivos, y la obra donde vigilaba diversas fases en construcción las noches que le tocaba.

Otra de las cosas, fue hacerle memorizar la matrícula y el número de serie del auto de vigilancia que le habían asignado a Ahmad y que en realidad podía usar como vehículo particular. Pero sobre todo le conté sus costumbres habituales: iba a comprar sus víveres al economato a primera hora de la mañana de regreso a su módulo y dormía hasta las cinco de la tarde para después correr durante un par de horas antes de ducharse y prepararse para ir a trabajar.

No era un hombre socialmente activo, dentro de lo que la vida en aquel lugar te permitía tener, ni le gustaba dejarse ver en la cantina por el barullo que se montaba. Y era poco dado a entablar conversación con la gente, cosa que le recriminé en varias ocasiones ya que así su nivel de inglés nunca avanzaría si se pasaba la mayor parte del tiempo sin hablar con nadie, follando conmigo y rezando en dirección a la Meca.

Cuando casi todos los compañeros que vivían al lado de él, acostumbraban a tener la cantina como punto de encuentro para sus comidas, cenas y en la mayoría de los casos desayunos de vuelta de sus trabajos, Ahmad era posiblemente el único de todos ellos que hacía uso del espacio habilitado para cocinar dentro de aquellos módulos comunitarios.

Días después de que se marchara la familia de Tony durante las primeras Navidades que pasaron en Boommarang, éste me preguntó:

—¿Cuánto hace que no ves a Ahmad?

—Pues después del episodio de la corbata que te robó de tu casa, le habré visto en un par de ocasiones rondar por la obra; pero de eso hace ya más de tres o cuatro meses, ¿por?

—Me parece que... me lleva siguiendo un tiempo —dijo Tony.

—¿Queé? ¿Estás seguro?

—Al principio pensé que era una obsesión mía. No llevaba el uniforme y como tampoco me acordaba demasiado de su cara supuse que le estaría confundiendo con otro.

—¿Cuándo fue eso? —quise saber.

—Justo después de *Halloween* le vi un par de veces en el economato. Y como había siempre bastante gente, a última hora de la tarde, no lograba identificarle bien; además, parecía que evitaba encontrarse conmigo.

—¡Qué raro, Ahmad comprando a esas horas! —exclamé.

—Después curiosamente le vi el día que recogía a mi familia en el aeródromo, ese día sí que le reconocí gracias al uniforme.

—¿Qué coño haría allí? —pregunté extrañado.

—No sé, pensé que quizás le habían trasladado de puesto o que tal vez iba a buscar a alguien. Con la alegría de ver a mis hijos me preocupé más en salir de allí que otra cosa. Eso sí, no nos quitaba ojo de encima.

—¿Por qué no me dijiste nada, entonces?

—¡Estabas tú para historias, con el mosqueo que tenías con lo de Teresa! Además, si quieres que te sea sincero, pensé que te estabas volviendo a ver con él.

—¡Pero Tony! —exclamé ofendido.

—Joder, lo siento, pero no lo pude evitar. Cuando me dijiste que te ibas a ir de copas a la cantina en Nochevieja, creí que habíais quedado.

—¿O sea que apareciste allí porque no te fiabas de mí?

—No, sabes que fui buscándote para otra cosa; pero te confieso que lo pensé porque curiosamente esa noche, cuando bajábamos del coche los chicos y yo, le vi en la puerta de la cantina.

—¿Seguro que era Ahmad? Aquella noche la pasamos solos Timothy y yo en su local. Cuando llegué no había nadie, me puso la cena y después de brindar conmigo el comienzo del año nuevo empezó a aparecer más gente, entre ello vosotros, pero yo a Ahmad no le vi en ningún momento.

—Quizás te espiaba desde fuera y no te diste cuenta.

—No sé cariño, pero... yo no me he visto con él desde lo de tu corbata. ¿Crees de verdad que te está siguiendo?

—Pues no lo sé, no quiero emparanoiarme. Pero esta mañana he llegado tarde al trabajo porque me ha tocado cambiar la rueda del coche.

—¿Pinchada?

—No, reventada con un punzón. Y no me preguntes por qué pero creo que ha sido el bueno de Ahmad.

Tony me prohibió ir a hablar con él. O íbamos juntos o me dijo que ni se me ocurriera.

Yo le hice caso sólo a medias. Hablar con él no hablé pero me tiré una semana en la que cada tarde, al terminar el trabajo, me paseaba con el coche y un bastón extensible de acero escondido bajo el asiento del copiloto, hasta las viviendas modulares que Ahmad compartía con los demás vigilantes de seguridad.

Allí le esperaba hasta que salía vestido con el mismo uniforme de siempre, cerciorándome de que se había percatado de mi presencia. Después ponía el motor en marcha y me largaba, dándole a entender que más le valía mantenerse al margen de nuestras vidas.

Indagando entre los pocos vigilantes que se veían de día por las obras y sonsacándole a Timothy con respecto a aquellos que tenía como clientes asiduos en su cantina, conseguí enterarme de que a ninguno de ellos les hacía mucha gracia aquel albanokosovar extraño que incluso muchos de ellos no sabían ni cómo se llamaba. En general, les infundía poca confianza con aquel aire altanero y separatista que se gastaba con ellos. Sólo alguna de las pocas mujeres solteras que vivían en Boommarang mostraba cierto interés en hablar de él, ya que les parecía sumamente atractivo. Así es como supe que había llegado a flirtear, sin llegar demasiado lejos, con alguna de las jóvenes trabajadoras del economato que curiosamente también entablaron amistad con los hijos de Tony durante aquellas Navidades.

Tuvo que llegar el día de nuestro regreso de Madrid a Boommarang después de la firma del divorcio de Tony, para que este determinase que había llegado el momento de tener unas palabritas con Ahmad en privado, cosa que omitió decirme.

Ese día, nada más llegar del aeródromo cada uno por separado y bajar del coche para entrar en mi casa con las maletas, desde lejos me di cuenta de que algo no andaba bien; la puerta de entrada estaba entornada y cedió sin dificultad a un leve toque que le di con mis dedos.

Tony bajó de su auto y no se percató al principio. Sólo se alertó cuando dejé mis bultos en la calle y le indiqué con un gesto que esperase fuera a que yo entrara primero.

Nada más traspasar la puerta de la casa, me llevé las manos a la cabeza.

Tony subió los pocos escalones de la entrada de una zancada, colocándose a mis espaldas para ver el horror de casa que me habían dejado; sofá rajado, plumas de cojines esparcidas por toda la casa, pintadas con aerosol en las paredes y muebles, lámparas de techo y grifos de la cocina arrancados de cuajo... Mientras escuchaba las maldiciones de Tony en voz alta, mi cabeza empezó a dar vueltas por el espanto que tenía frente a mí.

La cosa no mejoró cuando nos adentramos por el pasillo hacia las habitaciones y el baño, donde nos encontramos cajones vaciados y sacados de su sitio, revoltijo de enseres personales, el baño con azulejos partidos con un martillo y destrozados por completo al igual que el espejo y parte de los sanitarios. E incluso el colchón de mi cama bañado con lo que parecían siropes de distintos colores y kilos de mantequilla que lo pringaban por todos lados.

No sé en que momento dejé de sentir la presencia de Tony a mi lado. Pero yo, después de calmarme un poco y comprobar que al menos había corriente de luz, pues en breve iba a anochecer, comencé a recoger lo que pude; tirando cascotes, vasos y platos rotos, cuadros partidos y todo aquello que pudiera llevarse a los contenedores de basura sin necesidad de ser ayudado por nadie.

Unas horas después apareció Tony por casa con la camisa embadurnada de sangre y un ojo amoratado.

—¡Ay, Dios mío! ¿Qué te ha pasado? —le pregunté.

Se fue en dirección al grifo de la cocina para beber un poco de agua.

—¡Coño, se cargó hasta los grifos, el muy hijo de puta! —exclamó dando un golpe con el puño sobre la encimera—. Joder, Lin, vámonos de aquí, me está dando mal rollo todo esto. Aunque vamos a ver como está mi casa, ni siquiera la he pisado todavía.

—Entonces, ¿si no estabas en tu casa dónde narices estabas metido?

—Me he ido a por ese cabrón —dijo apoyándose contra el fregadero.

—¿A por quién? ¿A por Ahmad?

Él se limitó a asentir mientras me quitaba de las manos la quinta bolsa de basura que llenaba de cosas rotas, la tiraba al suelo y me agarraba para salir de allí.

—¿Qué ha pasado? ¡Cuéntamelo! ¿Cómo se te ha ocurrido esa locura? ¿Y qué has ido, a la obra a verle? —dije mientras sacaba las llaves de mi bolsillo para cerrar la puerta que por suerte no había reventado.

—No, a la mina. Hoy custodiaba el armero.

Dando grandes zancadas tras sus pasos aparecimos frente a su casa la cual, aparentemente desde fuera, parecía intacta.

—¿Y te has arriesgado a ir a verle a sabiendas de que estaba armado? ¡Joder, Tony! ¿Estás loco tú también o qué?

—Ni se ha enterado de que estaba allí hasta que me tenía encima. Me he propuesto que confesara y vaya si lo ha hecho; eso sí, por el camino me he llevado un par de hostias pero se las he conseguido devolver.

Cuando metió la llave en la cerradura, esta consiguió dar el par de vueltas de rigor confirmando que aquella casa no había llegado a ser profanada. Después de mirar en el interior comprobamos que todo estaba en el mismo orden que lo habíamos dejado unas semanas antes.

—Está claro contra quien va —dije en alto.

—Sí, pero después de nuestro encuentro espero que se le quiten las ganas de volver a atacarte. Y una vez que le denuncies, a ver si le mandan a su puto país porque me está empezando a tocar los cojones.

—Denuncia, ¿qué denuncia voy a poner? Espera que no lo haga él contra ti por acoso.

—Pero Lin, ¿no piensas denunciarle? ¡Joder, yo es que alucino contigo, vamos! ¿Qué demonios te tiene que hacer para que mandes a la policía federal a hacerle una visita?

—Pero es que no lo ves, no hay absolutamente ninguna prueba de que haya sido obra suya.

—Tengo su confesión, es más creo que hasta le excitaba la idea de ir a encontrarnos cara a cara. El cabrón no borró la sonrisa en ningún momento, ni cuando se la partí. Desde luego da repelús el tío.

—Tony, desde hace mucho tiempo tengo claro que con Ahmad los asuntos en los que estamos involucrados se solventan a través de la fuerza bruta, que es el único modo en el que lo entiende y que sí, tienes razón, le pone extremadamente cachondo. Pero de nada sirve involucrar a la policía, que además aquí no tenemos, ya lo sabes, así que no sé quién coño nos iba a escuchar.

—¡Pero denunciémosle a sus superiores! Que le larguen de aquí, ese tío es un peligro público, joder.. –dijo dando media vuelta mientras se llevaba la mano a la frente.

—Y tú, ¿te has mirado? Acabas de atacar a un vigilante de seguridad armado, igual te expedientan a ti. Además, demostrar quién ha sido el que ha allanado mi casa y me la ha destrozado sería una perdida de tiempo.

—Seguro que habrá algún vecino que haya oído o visto algo –replicó como si fuera un niño pequeño.

—Todos trabajan de día, ahí sabe que tiene total impunidad. Aparte de que tendríamos que dar una serie de explicaciones que ya sabes que no podemos dar. Olvídalo cariño, estamos demasiado cansados para seguir pensando por hoy. Metámonos en la cama y mañana seguiremos arreglando mi casa, ¿vale? –dije acariciándole la cara para que se relajara.

Con aquella excusa y después de darnos una ducha caliente, conseguí que se callara, pude curarle y descansamos durante unas horas antes de ponernos manos a la obra en la que fue la recomposición de todos los destrozos que Ahmad había llevado a cabo en mi *bungalow* y que terminamos un mes después, aprovechando cada pequeño rato libre que nos quedaba por las tardes después de terminar de trabajar.

- 13 -

Casi quince días habían pasado desde que Betty y yo llegamos a Madrid. Los chicos y las niñas ya no se extrañaban de que yo me fuera todas las tardes, hasta poco antes de la cena, al cementerio.

Betty seguía empeñada en entretenerme por las mañanas, de manera que lo que estuviéramos haciendo consiguiera hacerme olvidar la visita diaria adonde más a gusto me encontraba; por eso no paraba de llevarme a museos, exposiciones y a hacer excursiones por los alrededores de Madrid aún a sabiendas de que si antes de las dos en punto no estábamos en su casa, tenía que llevarme directamente a ver a su abuelo Antonio.

Una mañana de aquellas, sin previo aviso, los operarios de la funeraria habían colocado la cubierta de mármol en el nicho de Tony.

·✧· D.E.P ·✧·
✞

ANTONIO LEDO PRATS

02- 10- 2053 A LOS 85 AÑOS

LOS TUYOS NO TE OLVIDAN

Cuando llegué por la tarde y vi su nombre tallado en aquella piedra, me quedé impactado. Un cosquilleo angustioso me subió por el pecho, cortándome la respiración durante unos segundos. Rocé con mis dedos, una a una, las letras de su nombre grabado sobre aquella piedra, recordando cada momento en que su piel acarició mi piel, cada vez que nos mostramos apoyo el uno al otro, cada una de nuestras riñas, cada reconciliación, cada decisión conjunta, toda vez que en los últimos años de su enfermedad nuestras miradas confirmaban que estábamos hechos el uno para el otro y que en verdad lo único que nos separaría sería la muerte; como así ocurrió.

La vista comenzó a enturbiarse por las lágrimas irrefrenables que borboteaban y a duras penas conseguí meter las dos rosas frescas que llevaba, dentro del pequeño florero que aquella lápida tenía acoplado.

Recordar tiempos pasados me calmaba sin duda. Era como si aún le tuviera cerca, como si al llegar a casa me lo fuera a encontrar sentado en su butaca, leyendo. Y como si pudiera contarle que mis pensamientos habían estado con él, recordando las vivencias comunes; nuestras anécdotas más graciosas, nuestros viajes, la construcción de nuestra nueva casa, la alegría por el nacimiento de cada una de sus nietas, la tristeza por la que pasó con cada uno de sus viejos conocidos que le cuestionaron o rechazaron una vez que supieron la realidad de su nueva relación sentimental junto a un hombre, los miedos que afrontamos juntos, las pruebas por las que pasamos demostrándonos que la lealtad que nos teníamos sería lo único que nos salvaría de ser juzgados ante nadie. Y todo ello sabiendo que lo habíamos hecho por amor.

Día a día, la relación entre Tony y yo se consolidaba cada vez más. Nuestra ilusión era casarnos algún día y soñábamos en alto con la mejor ubicación para nuestra casa definitiva; diseñándola con cuatro plantas domotizadas con ascensor, un amplio taller para mí, un luminoso estudio para él, los jardines con piscina y comedor exterior con cocina integrada, uno de los solárium con jacuzzi, habitaciones principales volcadas hacia el mar y un salón y una cocina interior de ensueño.

Estando en Boommarang, la vida era como la de cualquier pareja formal; aunque eso sí, de puertas para adentro. En la intimidad de nuestro hogar era donde nos demostrábamos todo lo que el distanciamiento por el trabajo, las compras por separado en la tienda o los almuerzos haciéndonos los encontradizos en la cantina, no nos permitían mostrar en público.

Sólo en nuestras salidas vacacionales, al poner unas buenas millas de distancia con respecto a Boommarang, dábamos rienda suelta a la espontaneidad de ir cogidos de la mano por la calle, dormitar apoyados sobre el hombro del otro en el asiento de cualquier avión transoceánico o permitir robarnos un beso en público.

Las primeras veces comenzó haciéndolo él, lo que provocaba en mí una reacción vergonzosa que rápidamente se me pasaba al percatarme de que nos encontrábamos suficientemente lejos de Boommarang como para no preocuparnos de que alguien conocido nos estuviera viendo.

Con el paso de los años la emoción de poder exteriorizar nuestros sentimientos, cada vez que posábamos un pie en cualquier otra ciudad, nos llevaba a besuquearnos como adolescentes en los románticos puentes de París o disfrutar conversando en cualquier terraza cercana a los canales de Ámsterdam o Venecia, mientras nuestros dedos se entrelazaban a la vista de todos aquellos transeúntes que de soslayo desviaban sus críticas miradas.

Se llegaban a oír quejas por nuestra osadía entre algunos ancianos, entre madres que tapando los ojos a sus hijos nos sentenciaban con la seriedad de sus rostros y entre adolescentes que dándose de codazos soltaban risitas por lo bajo. Pero nada de aquello nos afectaba, fuera de Boommarang, no.

Después, de regreso a la cotidianidad del trabajo, las paredes de nuestros *bungalows* independientes eran los únicos testigos de nuestra demostración afectiva.

Cuando Sergio y Javier aparecieron un veinte de diciembre, de nuevo por Boommarang, para pasar las segundas Navidades con su padre, el acuerdo tácito entre Tony y yo era no hacerles pasar a ninguno de sus hijos la vergüenza de imaginarse que dormíamos bajo el mismo techo juntos. Eso suponía quince días de completa abstinencia sexual, dónde lo más cerca que estaríamos Tony y yo sería sentados a la mesa durante las cenas navideñas celebradas en su casa.

Aquel fin de año y tras seguir el tradicional ritual español de comerse doce uvas, los cuatro nos dirigimos, en coches separados, hacia la cantina de Timothy.

Sergio y Javier enseguida se unieron a la fiesta particular de bailes, risas y copas que tenían montadas las chicas que ya conocían del año anterior y con quienes ya habían estado viéndose días antes.

Al cabo de una hora de darnos cuenta que no podíamos entablar mucha más conversación que unas simples frases cortas debido al volumen de la música, Tony y yo vimos como Sergio se abría paso entre la gente, que espontáneamente formaba una corrillo de baile en el centro del garito, acercándose hasta su padre para susurrarle algo al oído.

De pronto, Tony se sacó del bolsillo del pantalón las llaves del coche y se las entregó a su hijo mayor.

—¿Lleváis dinero? —le gritó en español y en alto para hacerse escuchar por encima de tanto ruido—. ¿Y protección?

Sergio asintió y sonriéndonos a ambos se volvió a perder entre la gente que bailaba para agarrarse por fin a la cintura de Kylie, una de aquellas chicas.

–¡¡Qué pena!! –dijo Tony acercándose a mi oreja para hablarme–. Me acabo de quedar sin coche para volver. Alguien me tendrá que llevar. ¿Te parece que nos vayamos ya?

Negué con la cabeza sin mirarle siquiera.

–No vienen a dormir a casa, se van con esas dos –dijo bajando del taburete para obligarme a mirarle a la cara.

–Esas dos abren mañana la tienda a las ocho en punto, lo hacen siempre. Los que descansan este día son sus jefes. Así que lo que menos quiero son sorpresitas con tus hijos aquí y hacerles pasar un mal rato pensando que estamos juntos.

–Bueno, también está tu casa –dijo alzando las cejas varias veces.

–Ya, y que se lo tengan que imaginar cuando vean mi coche aparcado frente a mi puerta y que tú no estás metido en tu cama – respondí indiferente.

–Pues lo aparcamos tres calles más atrás, echamos un polvo rápido y salgo a hurtadillas después, no veo el problema. Además, hasta que estos se vayan a follar por ahí con ellas y regresen, habrán pasado tres horas o más.

Apurando mi bebida con tranquilidad, le dije:

–¿Quieres otra copa?

–¡No coño, no quiero otra copa! –dijo volviendo a acercarse demasiado a mí para que le pudiera oír entre tanto barullo–. Quiero que nos larguemos de aquí, ahora, y poder estar contigo a solas un rato.

Su mirada vibrante, la tensión que disimulaba con las manos metidas en los bolsillos de su pantalón y esa cercanía de su paquete con el que conseguía rozarme la pierna disimuladamente, me empezaron a excitar; haciéndome esbozar una sonrisa pícara que terminó por dibujar otra cómplice en su boca.

Dejé la copa medio vacía sobre el mostrador y mientras él se quedó pagando la última consumición, yo salí de camino al coche para esperarle dentro con las luces apagadas.

Cuando se subió, conduje por la carretera iluminada durante buena parte del trayecto por la luna llena que había aquella noche, mientras sentía deslizar la mano de Tony por mi nuca, acariciándomela.

—Hace una noche hermosa —dijo mirándome mientras yo no apartaba los ojos de la carretera—, quedémonos aquí fuera. Después nos vamos cada uno a su casa, ¿quieres?

Sin contestar, aminoré la marcha y tomé el primer desvío que conocía en dirección a una explanada de tierra que estaba alejada de miradas indiscretas y amantes furtivos.

Cuando paré el motor y apagué las luces, Tony sacó una botella de champán que había comprado en la cantina y dejado sin que me diera cuenta detrás de su asiento. Después de descorcharla me dijo:

—¡Feliz año nuevo, mi vida! —y tras darle un largo trago, me la pasó.

Cuando terminé de sentir en mi garganta el cosquilleo de aquellas burbujas, le besé ardientemente pasándole después la botella para poder así abrir la puerta, salir del coche y meterme en la parte trasera.

Bien recostado en el asiento comencé a desabrocharme lentamente, ante su atenta mirada, los botones de la camisa que llevaba puesta, dejando al descubierto mi pecho y los pezones erectos que le daban la pauta de cómo me encontraba de ánimo para celebrar la entrada del año.

Antes de que mis dedos continuaran desabrochándose el cinturón y la bragueta del pantalón, Tony volvió a tomar varios sorbos seguidos de la botella sin apartar su mirada de mi cuerpo.

En el instante en que lamí mi mano para comenzar a masturbarme, colocó con premura la botella sobre mi asiento y salió del coche, encontrándomelo a los pocos segundos sentado a mi lado. Yo continué, con los ojos ya cerrados, proporcionándome placer al tiempo que escuchaba cómo se iba desprendiendo de su ropa poco a poco. No pasó ni un minuto, cuando noté cómo se sentaba sobre mi plena erección en un arrebato inesperado que me hizo entreabrir los párpados.

Ver su espalda desnuda frente a mí me hizo proferir un gemido prolongado, así cómo observar su trasero moviéndose cadenciosamente encima mío, acomodando cada embiste a su propio ritmo; primero más lento, mientras se ayudaba al agarrarse de los cabezales de los asientos delanteros y después, tras sentir mis manos bajo sus muslos para impulsarle en cada sentada, acelerando la penetración, su respiración y mi orgasmo, el cual llegó tan satisfactoriamente potente y explosivo que ni siquiera noté el peso de mi amante al desplomarse sobre mí, recostándose hacia atrás, para sentir sus labios henchidos de goce contra mi boca.

Conseguí recuperar el sentido para alcanzar su verga endurecida y, meneándosela al tiempo que nuestras lenguas se enredaban, conseguir que la eyaculación le llegara cálidamente desbordada contra mi mano.

De repente, un fuerte golpe en los bajos del coche, nos alertó.

–¡Joder, que susto! –Tony se levantó de golpe con el orgasmo cortado de cuajo.

–¿Qué ha sido eso? –pregunté extrañado mientras me abrochaba los pantalones con premura.

–No lo sé, quizás un dingo despistado –él comenzó a colocarse la camisa lo mas rápido que pudo.

–Los dingos no acostumbran a cazar de noche y menos a chocarse fortuitamente con coches parados en mitad del desierto –mi desconfianza me hizo salir del coche, agarrando antes el bastón extensible de acero que acostumbraba a llevar conmigo, desde hacía un tiempo.

En ese momento atisbé un coche oscuro que en la lejanía y con las luces largas deslumbrándonos, había arrancado en dirección hacia nosotros levantando una buena polvareda por el camino.

–¡Que coñ...! –grito Tony saliendo del coche–. ¡Lin, apártate!

—¡No, no salgas del coche, quédate en él! —empujándole hacia dentro, subí lo más aprisa que pude cerrando la puerta trasera.

Ese fue el momento en el que aquel coche frenó a dos palmos del nuestro, haciendo un trompo, para desviarse hacia otro lado con las luces ya apagadas e inmediatamente después encenderlas de nuevo, acelerando en contra nuestra desde otro ángulo volviendo a repetir la acción del trompo, la huida y la vuelta contra nosotros para confundirnos.

—¡¿Quién coño es ese?! —preguntó Tony mientras yo pasaba a la parte delantera del coche lo más rápido que podía—. ¡Salgamos del coche, se va a estampar contra nosotros!

—¡No, fuera seríamos presa fácil! —grité más alto de lo normal. El siguiente fogonazo de luz contra nosotros me deslumbró tanto, por la cercanía, que no veía nada—. ¿Dónde coño están las llaves?

Noté húmedo mi asiento al haberse derramado el líquido de la botella de champán.

—¡Cuidado, viene por tu lado! —Tony me alertó cuando intentaba coger las llaves que estaban bajo el freno de mano y estas se me escurrieron, colándose por el lateral del asiento.

—¡Tranquilízate, no chocará! Sabríamos enseguida quién es por el golpe —tuve que encender la luz interior para poder ver por dónde se habían caído—. Solamente está jugando con nosotros.

—¡Hijo de puta, es Ahmad! —dijo Tony reconociéndolo gracias al reflejo de la luna contra su coche de vigilancia—. Mira ya se va, ¡arranca, vamos!

Por fin conseguí pillar las llaves con dos dedos y encendiendo el motor y las luces lo más rápido que pude, aceleré a tope hacia la dirección en que me había dicho Tony que le había visto marcharse; pero le perdimos.

Después de un rato conduciendo y revisando que no nos siguiera o saliera de repente a nuestro encuentro desde cualquier parte de aquella carretera oscura, llegamos a los *bungalows*. Tony descendió del vehículo y se puso a revisar los bajos de mi coche por todos lados.

–¡Mira, baja y ven a ver esto! –dijo abriendo la puerta del conductor para que descendiera y le acompañara hasta el guardabarros delantero–. Parece una pedrada, seguro que la lanzó desde lejos para llamar nuestra atención.

–¡Mierda! –dije pateando el suelo.

–Tranquilo cariño –dijo Tony–. Entremos en tu casa, ahora sí que necesito una buena copa, ¡menudo susto nos ha dado ese cabrón!

Tony no tardó mucho en irse, pero aquella noche y las dos siguientes dormí bastante inquieto. Suerte que sabíamos que Sergio y Javier pasaban más tiempo con aquellas chicas, y con el ordenador durante el día en la cantina mientras ellas trabajaban, que solos en casa.

Aún así, algo en mi interior me decía que no bajara la guardia y Tony y yo no parábamos de mandarnos mensajes para avisarnos de cada movimiento que hacíamos para estar localizados, así como para tener localizados a los chicos.

Justo la noche del 4 de enero de 2015, la última que pasarían los hijos de Tony en Boommarang antes de coger al día siguiente su vuelo de regreso a España, me personé en su casa llamando al timbre con insistencia al no ver su coche aparcado fuera.

Su hijo pequeño fue quién la abrió, con los auriculares de la música colgando del cuello.

–Buenas noches, Javi. ¿Está tu padre en casa? –pregunté.

–No, se fue hace un rato.

–¿Sabes si se llevó el coche?

–Sí –respondió.

136

—¿Y sabes dónde iba?

—Quizás en busca de Sergio que ha quedado con Kylie para despedirse, pero no estoy seguro.

—Vale gracias. ¡Ah, y hazme un favor! No tengas los cascos puestos mientras estés solo en casa, ¿de acuerdo? Los últimos meses han estado robando por esta zona y vaya a ser que no te enteres de nada.

—¡*Ok*, Lin! —respondió con la despreocupación que la juventud otorgaba.

Antes de llegar a mi coche, me dio tiempo de llamar un par de veces al móvil de Tony y desesperarme un poco más al oír como saltaba el contestador de los mensajes.

Mientras subía al *pick-up* saqué del bolsillo trasero de mi vaquero, para que no se arrugara, la foto que me había encontrado dentro del buzón rotulada con un "*Feliz 30 cumpleaños*" y la metí dentro de la guantera.

Vagamente sabía donde vivían las tres chicas que llevaban el economato y que compartían una pequeña casita cercana a la de sus jefes, que eran un matrimonio de mediana edad.

Cuando me abrieron la puerta tuve que buscar una excusa rápida.

—¡Buenas noches Mia! Perdona por la interrupción. Javi me dijo que su hermano Sergio estaba con Kylie. Su padre anda buscándole y me ha pedido ayuda para localizarle, ya sabes que mañana despegan temprano hacia Broome ¿sabes dónde puedo encontrarle?

—Pues salió de aquí hace media hora aproximadamente, ya estará en su casa. Pero si quieres llamo a Kylie y le pregunto, se acaba de acostar.

—No, no hace falta, gracias.

—Hasta luego —se despidió con una sonrisa.

Puse rumbo hacia la cantina y al ver que allí no estaba estacionado el todoterreno de Tony, me dirigí hacia la zona de las obras.

Apagué las luces de mi auto antes de enfilar aquellos esqueletos de hormigón, ladrillo y hierro a medio levantar. Miré desesperado por los alrededores de las entradas principales a cada edificio en construcción hasta que por fin di con el coche que buscaba; el azul oscuro que los vigilantes de seguridad usaban.

Estaba estratégicamente oculto en una zona sombreada, alejada de cualquier foco de luz; pero enseguida reconocí qué era el que le había sido asignado a Ahmad y que por cierto estaba bastante lleno de suciedad y polvo.

Por suerte, el coche de Tony no se veía por ningún lado.

Cuando me bajé del auto, fui a ver si Ahmad estaba metido en la oficina donde acostumbraban a reposar viendo la televisión o dormitando todo el tiempo que no invertían en tener que pasearse por aquellas zonas que se les adjudicaban a cada uno de ellos.

Tras cerciorarme de que allí no estaba, dirigí mis pasos hacia la escalera de obra que daba acceso a una de las fases de edificación más avanzadas. Con cautela fui revisando cada planta, esperando no encontrar el haz de luz de una linterna reflejado de plano sobre mi rostro.

De repente, escuché su voz. Procedía de la planta por encima de la que yo me encontraba, lo que suponía un tercero en altura. Aparte de sus palabras que no lograba entender ya que hablaba en su idioma, se escuchaba lo que parecía el gemido de alguien más que le acompañaba.

- 14 -

Betty me gritó desde la puerta, haciéndome desviar la atención de los álbumes de fotos que me había desempolvado del trastero de su padre:

—¡Abuelo, conecta el intercomunicador! Es el tío Javi, quiere hablar contigo.

Respondí en cuanto encendí mi móvil de pulsera, sólo en modo audio.

—Javi, ¿qué tal?

—Lin, ¿puedes pasarte esta tarde por el hospital?

—¿Y eso? —me quité las gafas de lectura para poder restregarme los ojos cansados de tanto forzar la mirada.

—Necesito hablar contigo sobre un tema.

—También podemos tomar un café en alguna cafetería mientras me lo cuentas —le dije sin mucho afán de colaborar.

—Necesito enseñarte una cosa —insistió.

—¿En el hospital? No creo que haya muchas cosas allí que me tengas que enseñar tú.

—Lin, por favor, acércate esta tarde y hablamos. Es sobre los resultados de tus pruebas.

—Hablamos cuando quieras, Javi, pero... no allí. Ya sabes dónde encontrarme por las tardes, y si está cerrado te espero en el bar que hay al otro lado de la calle —desconecté sin darle tiempo a que me contestara.

Aproximadamente una hora antes de que cerraran el cementerio esa misma noche, no fue Javi pero sí Sergio el que apareció solo, con las manos metidas en los bolsillos de su gabardina y colocándose a mi lado sobre la lápida del vecino de Tony.

—Como vengan los familiares de este, nos van a largar de aquí a pedradas por sentarnos sobre su tumba —dijo a modo de saludo.

—Fíjate en las flores putrefactas —contesté mientras le observaba—, llevarán sin venir a verle, al menos un año o algo más. Sería mucha casualidad que nos pillaran ahora, y más a estas horas.

—Sí la verdad —dijo desviando la mirada—. ¡Vaya, por fin colocaron la lápida de papá! ¿Te gusta la inscripción?

—¡Ajá! —murmuré asintiendo—. Betty me lo tradujo.

—¿Y la cruz?. Ya sé que papá no era religioso pero… no se me ocurría qué poner aparte del aplique para las flores.

—Da igual, Sergio, no te preocupes. Está perfecta —contesté sin dejar de observar su nerviosismo—. Nunca te dije lo mucho que te pareces a tu padre.

—Sí, la primera vez que nos vimos. Dijiste que Javier y yo éramos dos calcos de él —sonrió esquivamente sin atreverse a mirarme aún.

—También en la manera de comportaros, tu padre era muy malo intentando eludir un tema que le preocupara.

Se limitó a cabecear afirmativamente frunciendo el ceño levemente.

—¿Cuánto tiempo ibas a esperar para decírnoslo? —preguntó haciendo un esfuerzo sobre humano para girarse y enfrentarse a mi mirada.

—¿Deciros qué?

—Lo que me contó esta mañana Javi. Lo del tumor que tienes.

—No era mi intención contárselo a nadie —respondí sinceramente.

—¿Lo sabía papá? —cabeceé de derecha a izquierda varias veces como respuesta—. ¡Tienes que ir al hospital, Lin! Quizás estén a tiempo todavía de…

—No es posible —le corté.

—Pero ¿qué pruebas te han hecho? Y, ¿desde cuándo lo sabes? —comenzó a elevar el tono como si yo fuera incapaz de poder escucharle bien.

—Sergio, voy a ser sincero contigo, la verdad es que soy yo el que no quiere que tenga cura. Hace unos seis meses empecé con vértigos que a raíz de la vejez y de la pérdida de audición fueron apareciendo de nuevo tras casi cuarenta años sin haberlos sufrido. Tu padre estaba en las últimas y esos malditos mareos no me dejaban ni mantenerme en pie. Fui a un médico privado en Sídney, lo que fuera para que ninguno de los otros que nos conocían pudiera irle con el cuento a tu padre o a Betty. Pensé que me mandarían alguna pastilla, reposo, lo normal en estos casos; pero directamente me metieron a hacer una resonancia magnética y otra serie de pruebas del oído y... resultó que tenía un neuroma acústico, un tumor benigno en principio pero que debido a su tamaño necesitaba comenzar a ser radiado. Incluso hablaban de extirparlo.

—Eso es lo que dice Javi, tienen que intervenirte enseguida para evitar la parálisis facial o la acumulación de líquido en el cerebro que te provocaría la muerte.

—El médico dijo entonces que la hidrocefalia podría producirse a lo largo de un año. De momento me encuentro como siempre. Sólo rogué porque tu padre no notara nada y que si tenía que pasar algo que fuera después de traeros sus restos hasta aquí, celebrar su funeral y conseguir que convencierais a Bettina de que prolongue sus vacaciones en España para dejarme volver a Byron Bay y solucionar mi ingreso en una residencia, antes de que regrese ella para comenzar su doctorado.

—Eso no va a poder ser —afirmó de manera categórica.

—Ya lo sé, está muy cabezota con lo de que nos vayamos a casa ya. Así que necesito que convenzas a tu hija para que se quede aquí contigo y me deje regresar solo.

—No Lin, digo que nosotros no vamos a dejar que te vayas, Javi y yo. Necesitas esa intervención y la necesitas cuanto antes. No vamos a dejar que te metas en un avión a sabiendas de lo que tienes y ni mucho menos dejarte allí solo, a la buena de Dios, sin saber quién te trata, ni de qué modo. Papá por suerte... te tuvo a ti.

Sabía de sobra lo difícil que le resultaba a Sergio hablar de sentimientos pero mucho más aún si esos tenían que ver con su padre o conmigo.

—Sergio, agradezco tus palabras pero no me has escuchado lo que dije en un principio, noo qui-e-ro cu-rar-me —dije silabeando lentamente.

—¡Pero! —exclamó con incredulidad—. ¿Y prefieres esperar a que la enfermedad evolucione y se manifieste de cualquier manera?

—No, mi pretensión es llegar a Byron Bay sin Bettina, recopilar todos los informes médicos sobre la enfermedad y llevarlos al juzgado de Sídney para que me autoricen la eutanasia.

Por fortuna hacía ya unas décadas que se había autorizado, en la mayoría de los países del mundo, la eutanasia voluntaria para muchos enfermos que como yo no querían verse en la tesitura de tener que ir a sufrir ni tediosos tratamientos ni intervenciones quirúrgicas costosísimas, que se repitiesen de nuevo a medio o largo plazo.

Por fin, ya no sólo eran los enfermos terminales quienes conseguían aquel "beneplácito" después de prolongadas sesiones judiciales en donde debían justificar sus motivos para desear morir dignamente en vez de vivir de manera postrada y denigrante; sino que también se había llegado a conseguir que ese derecho, siempre y cuando fuera de manera voluntaria y justificada con exámenes psicológicos y datos médicos que así lo corroboraran, fuera otorgado a cualquier enfermo que no quisiera ver mermadas sus capacidades físicas o psíquicas en modo alguno.

En casos extremos podía ser decisión de la familia del paciente, previa recomendación médica, al igual que los veterinarios hacían con muchos animales enfermos o demasiado agresivos como para seguir viviendo.

De cualquier manera, la sociedad médica y también la jurídica a lo largo de los años se había acostumbrado a esta práctica, apartando sus propias creencias y convicciones y dejando de lado la idea de sentirse verdugos de una realidad que afectaba a una gran parte de los enfermos de todo el mundo: ser dueños de su propia vida y suficientemente libres cómo para decidir qué hacer con ella frente al estigma de una grave enfermedad.

Cuando en Tony fue evolucionando la metástasis que acabó con él, tuvimos algunas conversaciones con respecto a ello. En más de una ocasión estuvo tentado de solicitarle, al médico que cada semana iba a visitarle a nuestra casa, los informes para seguir adelante con el proceso. Pero entonces, Bettina aparecía en la sala cuyos ventanales daban al mar y en donde habíamos ubicado nuestro dormitorio que era donde pasábamos la mayor parte del tiempo, y ese era el momento en el que todo su valor se venía abajo.

Yo egoístamente lo agradecí. Hubiera sido incapaz de soportar la idea de que mi marido se dejase abandonar y huir de mi lado por una sustancia mortal inyectada en sus venas. Al contrario que todo eso, Tony murió en mis brazos, en la intimidad de nuestro cuarto y pronunciando unas últimas palabras que fueron escuchadas solamente por mí.

Yo no tendría sus brazos para arroparme, su calor como consuelo ni sus labios sobre mi boca ante mi último aliento. Por eso quería acabar con esta vida, que nada significaba ya sin su amor.

Sergio se mantuvo durante un buen rato sin reaccionar, observándome inquisitoriamente a la cara como esperando que continuase con mi alegación ante de dictar su sentencia final.

Imaginé que con esa revisión tozuda y enigmática que me hacía, y que era herencia paterna cuando algo no les parecía correcto, estaría esperando que me derrumbara frente a él. Sin embargo, le sostuve la mirada retándole para que no continuara con el interrogatorio.

Por suerte el timbre de su intercomunicador comenzó a sonar, haciéndole parpadear al tiempo que encendía su auricular y contestaba en castellano.

–Sí ya vamos, estamos aún en el cementerio (…) Sí, de acuerdo, nos vemos allí en media hora (…) ¡Que sí coño, que se viene conmigo, no es ningún niño pequeño! (…) Vale, adiós.

–Si todavía tenéis pensado que vaya al hospital, me puedo comportar peor que un niño pequeño –le dije antes de que se pusiera en pie.

–Sabes que no te puedo obligar –me respondió–. Oye, ¿y tú desde cuándo entiendes el español?

–Cuarenta años con tu padre escuchándole hablar con sus hijos por teléfono dan para mucho, créeme –sonreí ante la pequeña confesión–. Bueno, y también escuchar a tu hija hablar con su abuelo. Él se creía que no les entendía, pero me enteraba de todo. Hablarlo es lo que no se me da demasiado bien.

–Gracias por avisar, así no diré nada comprometido delante de mi hermano durante la cena. Sólo estaremos nosotros tres. Es ahí donde he quedado en llevarte, al restaurante.

–Javi no me preocupa que lo sepa pero tus hijas sí, sobre todo Betty. No quiero dramas con esta historia ni que sufra más de lo necesario.

Se mantuvo cabizbajo mientras asentía con la cabeza mecánicamente.

–Salgamos de aquí o sino nos van a dejar encerrados dentro –dijo ofreciéndome su mano para ponerme en pie.

144

Cuando llegamos al restaurante donde habíamos quedado con Javi, la mirada crítica de éste fue cortada de cuajo por su hermano con una simple frase:

—Cenemos tranquilos, Lin no quiere hablar más sobre este tema. Ya te lo explicaré yo más tarde.

—Pero…—replicó, en español, el más pequeño.

—Javier, por favor, he dicho que más tarde.

Unas cervezas de aperitivo después y la noticia de que por fin Ruthy se había atrevido a decirle a su padre que se iría a vivir con su novio oriental, relajaron la primera media hora.

—No sé si es porque soy su padre o porque soy juez, pero he de reconocer que Ruth estaba cagada de miedo cuando vino a decírmelo, lo cual me preocupa bastante. Nunca hubiera imaginado que mis hijas me llegaran a temer.

—Lo que temía Ruth es que no te gustara que se fuera a vivir con Yong, por ser chino básicamente –le explicó Javier.

—¿Y eso qué tiene que ver? ¡A mí me da igual que sea chino! Lin es chino también y nunca me ha importado.

—¡Joder hermano, pues haberlo dicho antes! La pobre estaba acojonada con lo que pensarías. Es que con tu rictus serio de sentar cátedra parece que siempre vas con la maza en la mano.

–¿Tan racista me creéis? –Sergio alzó las cejas frotándose las sienes–. ¡Por amor de Dios! A mí lo que me extrañaba es que no lo hubiera dicho antes. El chico ni siquiera se ha quedado a dormir una sola noche en casa, eso sí que es raro para una pareja de novios establecidos desde hace ya un tiempo. Y digo yo que ya habrán follado, no creo que mi hija siga siendo virgen. ¡Es más, me preocuparía que siguiera siendo virgen con veinticinco años que tiene!

Javi se cruzó de brazos sin dejar de mirarle con la boca abierta.

–Desde luego Sergio, eres una cajita de sorpresas –le dijo Javi con expresión alucinada.

–Sí, en eso creo que también me parezco bastante a papá, ¿verdad Lin? –yo me limité a esbozar una sonrisa como mera respuesta–. Lo que espero es que Betty se junte con algo más que con orcas asesinas.

–Por esa parte, no te preocupes –le dije–, por casa se han quedado a dormir ya unos cuantos amigos suyos algún fin de semana. Y alguno de ellos repitiendo.

–¡Alguno de ellos!¡Vaya, me dejas más tranquilo! –se conformó–. Aunque ella no haya sido capaz de contarme nada.

–A ver hombre, no culpes a las chicas –dijo su hermano–. Tú tampoco es que seas muy hablador, siempre ha habido que sacarte las cosas a la fuerza. Sin embargo, hoy por primera vez desde hace mucho te veo sonreír; casi estás hasta más simpático y todo, hermanito –Javi le soltó una colleja como cuando eran jóvenes–. Venga, no te mosquees.

–¡Anda y que te den! –le respondió Sergio en español, limitándose a mirar la carta-menú para ver lo que pedía.

El resto de la cena discurrió recordando aquellos días que pasaron en Boommarang junto a su padre, hasta que ambos consiguieron aprobar las oposiciones con las que comenzaron a trabajar; lo cual les obligó a espaciar tanto sus visitas, que hizo que en realidad fuera más fácil para su padre y para mí movernos hacia España para poder verles.

Eso le vino bien a Sergio, ya que desde el incidente acontecido aquel 4 de enero nunca volvió a ser el mismo y no era de su agrado viajar hasta allí.

El hermetismo, la seriedad y el comportamiento distante que Javier le echaba en cara a su hermano mayor, fue consecuencia de lo ocurrido aquella noche en la obra. Algo de lo que incluso Tony y yo no hablábamos, ya que aquella noche juramos entre los tres no sacarlo a la luz jamás.

Por supuesto, Javi no tenía ni idea de todo aquello. A lo largo de los años siempre tuvo una excusa para justificarle, achacando aquel carácter cambiante e introvertido de su hermano a la noticia de saber que su padre era bisexual, al divorcio, a que se había llegado a casar conmigo o a la inestabilidad mental de su madre; haciéndoselo ver así a su padre en las largas conversaciones telefónicas que mantenían. Pero Tony quitaba hierro al asunto e insistía en que Javier intentara convencer a Sergio, de alguna manera, para que fuera a un psicólogo.

—Me llamas luego y me lo cuentas todo, ¿vale Sergio? —dijo Javi en español tras terminar de cenar, cuando nos despedíamos de él en la puerta del restaurante para irnos a casa.

—Sí hombre sí, hablamos —le respondió su hermano—. Hasta luego y ve con cuidado.

Sergio y yo caminamos en silencio hasta la calle donde había dejado estacionado su vehículo.

—Gracias por haberme dejado disfrutar de esta cena junto a vosotros sin tener que sacar el tema de la enfermedad —dije en cuanto entramos en el coche.

—No Lin, soy yo el que tiene que darte las gracias a ti —esperó un momento con el motor del coche encendido pero sin moverlo aún. De repente, cerró los ojos y suspiró profundamente apoyando la frente contra el volante que mantenía agarrado con ambas manos—. Cientos de

147

veces he pensado como afrontar esta conversación contigo, miles; pero cuando te tenía enfrente, me resultaba imposible. Soy un cobarde, un mierda que jamás ha tenido el valor de darte las gracias. Lo siento, Lin, siento tener que estar diciéndolo justo ahora.

Su sollozo comenzó a evitar que pudiera entender lo que decía.

—Sergio —dije tocándole el hombro—, tranquilo. No tienes por qué darme las gracias por nada, tú lo sabes. Javier y tú habéis sido como mis propios hijos, no te tienes que lamentar ni arrepentir de nada en absoluto.

—Claro que sí, Lin —dijo mirándome—, nunca fui capaz de hablar contigo de lo que ocurrió en Boommarang y debería haberlo hecho mucho antes que con mi padre.

En ese preciso instante, caí en la cuenta de lo que me quería agradecer.

—Juramos que no hablaríamos sobre ello —retiré la mano de su hombro y me puse a mirar al frente—. Sabes que Tony y yo no teníamos secretos entre nosotros pero aquel episodio de nuestras vidas jamás volvimos a desenterrarlo. Es más, no sabía que habíais hablado sobre ello y creo que tu padre no hizo bien. Tú eras frágil entonces, demasiado vulnerable; estando tan alejado de nosotros podías haber cometido cualquier locura.

—Lin, lo único malo que hice fue evitarte durante años. Siempre he creído que aquella experiencia me convirtió en mejor juez, aprendí a analizar cada caso que pasaba por mis manos desde distintos puntos de vista para intentar ser más justo y no errar en mis sentencias; y sin embargo, contigo me comporté de manera ruin y deleznable. Tú fuiste el que nos salvó a mi padre y a mí. Siempre has estado ahí para Javier, para mis hijas; incluso para mi madre, con todo lo que te odió. Costeabas sus gastos y amaste al hombre que ella no supo amar cuando lo tuvo cerca. Siempre has sido tú, Lin, y yo... no he sabido decírtelo en todos estos años.

Relajé el ceño, respirando profundamente para destensarme y poder mirarle a la cara.

—Lo estás haciendo ahora y muy bien. Es tu reconocimiento y con eso es más que suficiente. Da igual el tiempo que haya pasado, me llegan al corazón tus palabras. Gracias, Sergio, gracias.

En un movimiento espontaneo, se fundió en un abrazo conmigo que le fue gratamente correspondido.

—Creo que cuando lleguemos a casa voy a pasar de llamar a Javi y nos tomaremos una copa juntos. Es una buena ocasión para abrir la botella de *Hennessy* que me regalaron los del decanato hace unos meses.

—Esa me parece una gran idea —confirmé.

Remover los recuerdos, sobre todo los más oscuros, de manera introspectiva era una cosa; pero hacer terapia de grupo con ello, aunque en este caso fuera con Sergio a solas, era algo completamente distinto.

En mí no quedaban ganas de airear en alto lo que ocurrió en Boommarang aquella noche fatídica; sin embargo, él parecía necesitarlo más de lo que lo necesitamos nunca Tony y yo en todos aquellos años atrás.

La noche de aquel 4 de enero y tras reconocer la voz de Ahmad gritando en su lengua materna, conseguí salvar el escaso metro que me quedaba en aquella escalera de obra para poder observar por qué vociferaba tan alto y sobre todo de dónde provenía aquel gemido constante.

Tuve que recular en un par de ocasiones, escondiéndome tras reconocer a la persona que tenía tumbada y maniatada delante de él sobre una de las mesas de trabajo.

Ambos me daban la espalda y la desnudez de Ahmad de cintura para abajo no me dejaba ver si ya había consumado su propósito. De lo único que estaba seguro era de que los gemidos provenían de la persona que estaba de rodillas a su lado, amordazada y atada de pies y manos, y sobre la que Ahmad apuntaba su revólver, Tony.

Sin hacer el mínimo ruido, me atreví a moverme de aquel lugar intentando acercarme lo más posible hasta donde se encontraban; consiguiendo alcanzar uno de los pallets de ladrillos embalados y así ganar unos pocos metros en dirección a ellos.

Tony podría haberme visto desde aquella posición si no hubiera sido porque no desviaba su ojos de un Ahmad completamente empalmado, que no paraba de toquetear a su hijo y que estaba dispuesto en cualquier momento a penetrar a Sergio, que yacía frente a él con los pantalones bajados hasta las rodillas y las manos atadas a la espalda con una brida sin darle posibilidad de movimiento alguno.

Tenía que ser suficientemente rápido cómo para evitar al menos que un disparo casual alcanzase a alguno de los dos, pero aún estaba demasiado lejos de poder placarle.

Revisé mis opciones, antes de que Ahmad notase que alguien estaba por allí aparte de ellos, y lo mejor era cruzar en diagonal hacia mi izquierda resguardándome tras una de las columnas del edificio que quedaban suficientemente a oscuras para no ser visto. De aquel modo estaría más cerca de ese enajenado mental.

El único problema sería que Tony desviase la mirada por el movimiento y que Ahmad se percatase de ello, pero no me quedaban más opciones; incluso aquello jugaría a mi favor, con tal de que dejase de apuntarle con el revolver durante un momento y me diera algo de tiempo para echarme sobre él.

Salí corriendo en dirección a la columna aprovechando otro de los monólogos que Ahmad no dejaba de recitar en alto.

En ese instante, cuando alcancé la columna contra la que apoyé mi espalda intentando ocultarme lo más posible, el sudor que me resbalaba por las sienes llegó a congelarse. Sin embargo, la disertación en aquel idioma extranjero no dejé de escucharla en ningún momento; lo que me dio la certeza de que Ahmad no había notado nada.

Me giré lentamente sin dejar de perder el contacto con aquella columna. Al asomarme para valorar cual sería mi siguiente movimiento, los ojos de Sergio se cruzaron con los míos puesto que había volteado la cabeza hacia el lado contrario en el que estaba su padre, reposando la cara amordazada y llorosa contra aquella mesa de trabajo de obra.

En ese momento no lo dudé y justo antes de que Ahmad se girase, agarrándosela para penetrar a Sergio con su marcada erección, me lancé contra él lo más rápido que pude.

Por el camino sacudí, con un solo movimiento, la barra extensible de acero que había cogido de mi coche y mientras aún sonaba el ruido metálico que hacía al desplegarse, le descargué un golpe seco sobre la cabeza; cerciorándome después, con un segundo golpe igual de contundente y rabioso, que Ahmad ya no se despertaría jamás.

- 16 -

El recorrido desde el restaurante hasta su casa en la Sierra de Madrid, lo hicimos prácticamente en silencio. Cuando llegamos y nos acomodamos en los sillones, Sergio me pasó un sobre con una carta en su interior.

–Toma, Lin, léela –me dijo.

Al sacarla, reconocí al instante la letra de su padre.

Querido hijo:

El día que leas esto ya no estaré con vosotros. No podré explicarte, una vez más, las razones que me llevaron a venir a Australia, ni tú podrás volver a echármelo en cara. Con esto no te reprocho el que estuvieras en todo tu derecho de hacerlo, sino que lo que quiero es pedirte de nuevo perdón.

Muchas veces me has oído decir que lo hice porque vuestra madre quería nuestra separación o por aquella crisis horrorosa por la que pasó el país al comienzo de vuestra juventud o por la decisión que me llevó a intentar daros una mejor vida y unos mejores estudios a ambos. Pero la verdad es que tenías razón, de una manera u otra os abandoné; sin mala intención, pero lo hice. Y eso ya es irrecuperable.

Siento haberme perdido vuestros mejores años, la alegría de vuestros primeros empleos, vuestras bodas, el nacimiento de tus hijas. Siento no haber estado a tu lado para recibir tu crítica mirada, tus sermones y solventar tantas dudas que sé que has tenido y que aún tendrás. Lo siento.

Pero ahora, cercano ya el día de mi muerte, necesito pedirte un favor que espero que cumplas. Y aunque sé que no tengo ningún derecho a pedírtelo, confío en que te lo pensarás.

Sé que te costó mucho más que a tu hermano aceptar mi condición sexual. Hablar de homo o bisexualidad no viene al caso y de cualquier modo no justificaría el amor y el desamor que sentí por vuestra madre.

Quise a Teresa, lo juro, al igual que a las otras mujeres que pasaron por mi vida antes que ella. Y fue de ella de quién recibí lo mejor que tengo, mis hijos; lo más preciado de mi ser.

Sin embargo, mi amor incondicional, esa persona por quién de verdad me he sentido amado a cada instante y cuyo aroma se puede captar en cada poro de mi piel, es Lin; mi amante, mi compañero y en verdad mi esposo.

¿Acaso es pecado sentirnos queridos? ¿Acaso lo es si ese amor es entre dos hombres?

Vosotros ya erais independientes cuando vuestra madre dejó de influir en vuestras decisiones. Ya erais capaces de discernir el bien del mal, ¿acaso no eran malas todas aquellas discusiones de las que os rodeamos vuestra madre y yo? ¿Y el influjo tan pernicioso que ella ejerció sobre vosotros, haciendo que me vierais como a un ogro maricón?

Jamás escuchasteis una palabra de mi boca en contra de Teresa y jamás la oiréis; pero ahora, responde, ¿merecía yo una vida triste y amargada al estar alejado de Lin, sólo por aparentar lo que ya no era?

Siento contarte todo esto por carta y no haber sido capaz de habértelo podido decir en persona. Sólo espero que intentes no mirar atrás y sobre todo que no culpes a Lin de ello. Él me salvó de la locura y de la soledad, de aquellos años, en aquel alejado y recóndito lugar que levantamos a fuerza de trabajo diario. Él fue mi consuelo, mi único y verdadero ápice de felicidad al estar tan separado como estaba de mis hijos. Todos estos años nos hemos cuidado mutuamente, hemos sufrido, hemos llorado y hemos reído juntos. También hemos construido ilusiones en forma de un hogar hermoso del que hoy disfrutan tus hijas y que espero que os haga venir más a menudo a Javi y a ti.

A la muerte de Lin, todo lo nuestro queda a vuestro nombre y Bettina os entregará el testamento que así lo dice; ya tiene edad de sobra para valorar esos papeles en su justa medida. Y en ello estamos de acuerdo Lin y yo porque siempre hemos consensuado todo, todo lo hemos hablado, valorado y hecho juntos; como un verdadero matrimonio que somos, respetándonos, queriéndonos y apoyándonos. Y de esta manera, todo lo nuestro será vuestro por deseo de ambos. Así que te lo pido por última vez; si a alguien tienes que culpar, no culpes a Lin, cúlpame a mí.

Os he querido más que a mi vida y después de mi muerte os seguiré guardando.

Papá

Los ojos se me empezaron a humedecer después de leer aquellas líneas; que aún habiéndoselas escuchado en numerosas ocasiones,

154

todavía me seguían emocionando al saber que lo había gritado a los cuatro vientos.

—Me honra que guardes esto, no sabía que lo había escrito –le dije volviendo a plegar la carta para devolvérsela.

—Quería enseñártela para decirte que tampoco fui capaz de responder a mi padre diciéndole que comprendía más de lo que él creía. No tuve el valor de llamar y decírselo antes de que muriese –dijo con los ojos llorosos–. Y por eso te lo tengo que decir a ti. Nunca me importó vuestra relación; es más, vuestra unión fue lo que me mantuvo estable todos estos años. En cierto modo hasta creo que ese fue el fracaso de mi matrimonio, no poder encontrar algo que se ajustase medianamente a lo que mi padre había conseguido a tu lado.

Durante muchos años quise creer que el secreto de Boommarang fue lo que os forzó a manteneros unidos a ambos. Pero los años pasaban y esa unión se hacía cada vez más fuerte, más robusta; mientras yo me sentía estancado, sobreviviendo como podía al naufragio de mi propio matrimonio y a flote exclusivamente por el amor de mis hijas.

—Eso fue algo que, aún estando tan lejos, os enseñó tu padre. Y tú de un modo u otro lo aprendiste y has hecho un gran trabajo con ellas –afirmé–, Ruth y Betty se han convertido en dos mujeres excepcionales.

—Sí, supongo que es de lo que más orgulloso me siento en esta vida –dijo rellenando de nuevo las copas y acomodándose después en la butaca–. Si no quieres contestar lo entenderé pero... ¿puedo preguntarte algo sobre aquella noche, Lin?

Asentí después de darle un sorbo a mi coñac templado.

—¿Cómo supiste que aquel malnacido nos había llevado allí?

—Pues una parte fue intuición y otra... mucha suerte –repetí un segundo sorbo, apreciando su reconfortante aroma y paladeo antes de tragármelo–. Supongo que a estas alturas ya sabrás que Ahmad fue uno de mis amantes –Sergio asintió en silencio sin apartar sus ojos de mí–.

Le conocí meses antes de que tu padre llegara a Boommarang y le abandoné justo el mismo día de empezar mi relación con Tony. Durante los meses posteriores a esa ruptura, la cual Ahmad no llevó nada bien, hizo alguna cosa para intentar asustarnos y siempre terminaba dejando alguna prueba para que supiéramos que había sido obra suya; a veces lo confesaba sin más, para él era como una especie de juego. Ese día, dejó una fotografía en mi buzón donde se os veía a ti y a Kylie con él en la fiesta de Nochevieja de aquel año.

—Sí, Kylie le conocía pero sólo de haberle visto por la tienda. Se extrañó de que nos pidiera una foto junto a él pero accedió por ser el día que era y porque parecía que llevaba un par de copas encima y se estaba poniendo muy pesado. En cuanto nos la sacaron, se marchó del garito.

—La suerte fue que yo miré dentro del buzón por casualidad. Lo hacía muy de vez en cuando y nunca de noche, pero estaba esperando un pedido de libros para regalarle a tu padre y miré dentro por ver si estaba el aviso de recogida y así poder ir al día siguiente a por ellos. Aquella foto me hizo ir a buscarte a vuestra casa para asegurarme de que estabas seguro.

En un principio, cuando vi que no aparecíais ni Tony ni tú, no pensé que Ahmad estuviera con vosotros y menos haciendo lo que se proponía; yo sólo quería encontrarle para pedirle explicaciones y obligarle a que nos dejara en paz a todos de una vez. Por supuesto, otro de mis objetivos era que llegara el día siguiente y que os subierais a ese avión tú y tu hermano hasta que yo solucionara el que no volvierais a tener contacto con él. El resto de la historia ya la conoces. Y lo que más siento de todo, es que mi relación con aquel demente os afectara a tu padre y a ti.

—Durante años creí eso mismo —comenzó a decir Sergio—, que te guardaba rencor precisamente por haber sufrido el ataque de un depravado que había estado contigo. Yo me enteré de toda vuestra historia por él mismo aquella noche, no por mi padre; el muy cabrón me lo susurró al oído mientras me tenía allí tumbado y no paraba de lamerme y sobarme por todas partes.

Sergio tuvo que parar de hablar por un momento para darle un buen sorbo de coñac a su copa. A mí me resultaba doloroso volver a recordar la escena ocurrida en Boommarang, pero al menos fui capaz de evitar que aquel demente consumase la violación contra él.

Después de asestarle un par de golpes secos, el cuerpo plomizo de Ahmad cayó sobre Sergio y éste comenzó a murmurar aterrado, sin dejar de moverse, para que se lo quitara de encima.

Lo aparté hacia un lado, intentando evitar que le salpicara de sangre, y en cuanto pude cortar la brida que llevaba atada a las muñecas y quitarle la mordaza de la boca, Sergio comenzó a gritar tan alto que me vi obligado a propinarle un bofetón para que se calmara.

—¡Tranquilo, ya pasó todo! —dije mientras le cogía por los brazos, sacudiéndoselos para forzarle a que me mirara.

Se alejó de mí, trastabillando al correr hacia la columna que momentos antes había estado dándome cobijo, y comenzó a vomitar mientras se subía los pantalones avergonzado.

Fui hasta donde Tony se encontraba arrodillado y, desatándole la mordaza y la cuerda de las muñecas y de los pies, le pregunté:

—¿Estás bien? —asintió sin mediar palabra mientras nos abrazábamos—. ¡Ve con tu hijo!

Observé en silencio el rechazo que Sergio ejerció contra su padre cuando este con cautela se le acercó, hasta que por fin cedió a sus palabras tranquilizadoras arrebatándole de las manos la camiseta que este le alargaba y que Ahmad le había tirado al suelo. En cuanto se la puso, Tony consiguió alcanzarle para fundirse en un abrazo con él y la tensión de ambos en forma de llanto estalló por fin.

Me puse en pie y fui recogiendo las cuerdas, pañuelos usados como mordaza y el revolver caído al suelo, guardándomelo todo en los bolsillos del pantalón. También cogí la linterna que Ahmad había dejado apoyada, alumbrando justo el escenario donde esperaba que Tony no se perdiese la aberración que quería cometer contra su hijo, y la apagué.

Encontré el pantalón y la chaqueta de servicio de Ahmad y le quité la placa antes de vaciar los bolsillos donde llevaba su documentación particular, la específica de vigilante, su teléfono y un par de manojos de llaves. Localicé visualmente el cinto donde portaba la defensa y los grilletes y, arrancando uno de los plásticos negros que cubrían los bloques de ladrillos, procedí a envolver el cuerpo desnudo de Ahmad tras cubrirle la cabeza con su propia camisa. Después hice un par de nudos, que no nos dejaban ver nada más que un bulto enorme tirado en mitad de aquella planta que estaba en plena construcción.

Revisé palmo a palmo los posibles lugares manchados de sangre, ayudándome con su pantalón para frotar y una de las mangueras de obra que había conectadas a una toma de agua. Limpié todo, incluido los restos de sangre de mi bastón extensible y el vómito de Sergio. Después de terminar, con el plástico de otro de los bloques de ladrillos que también arranqué, hice un fardo con todas las prendas rematándolo con otro nudo para que no se saliese nada.

—¡Tony! —tuve que llamarle una segunda vez hasta que me escuchó—. ¡Tony, ven! —cuando se acercó le dije—. Vas a ayudarme a cargarle para dejarle pegado a uno de los pozos de cimentación que están abriendo en la fase de al lado. Según venía he podido ver que la retroexcavadora está allí metida. Vaciaré con ella uno de los pozos y meteré dentro el cuerpo, después lo cubriré con esa misma tierra. Así estará listo para cuando mañana lo rellenen con el hormigón de limpieza. Tony, ¿me estás escuchando?

Tan solo se limitó a asentir con la cabeza, sin decir nada, y con los ojos muy abiertos.

Le dejé allí durante un momento para poder asomarme y ver el lugar exacto donde lo colocaríamos.

—Coge a Sergio y vamos a mi coche. Después regresaremos tú y yo —en vista de que no se movía, tuve que repetírselo—. ¡Vamos Tony, muévete!

Antes de bajar, cargué con todo aquello que pudiera delatarnos para guardarlo en la parte delantera de mi auto. Al llegar, Tony acomodó a su hijo en los asientos traseros y le tranquilizó diciéndole que volveríamos enseguida.

—Quédate un rato aquí con él. Ahora vuelvo —le dije.

Al ver sobre el asiento del copiloto los guantes de trabajo, los cogí y me los puse para dirigirme al coche de vigilancia de Ahmad.

Primero comprobé que la puerta se abría y que las llaves estaban puestas en el contacto. Me metí en su interior limpiando de huellas todo lo que pudiera inculpar en un momento dado a Tony o a Sergio en caso de una investigación y revisando que no hubiera escondido, dentro de algún recoveco o en el maletero, algo que pudiera comprometerles. Por último, sacándolas del contacto y limpiándolas con cuidado, salí del coche cerrando la puerta y guardándome las llaves en el bolsillo.

Después regresé a buscar a Tony al *pick-up*.

—Bien, vamos para allá . ¿Crees que saldrá tu hijo del coche? —dije señalando a Sergio con la cabeza.

—No, no creo, está demasiado desorientado. He conseguido que se tumbe en el asiento y trate de descansar un poco.

De vuelta al edificio, mientras subíamos las escaleras, le indiqué el punto exacto donde se veían los pozos ya excavados. Al llegar frente al bulto que ocultaba dentro a Ahmad, le pedí que le sostuviera por donde se suponía que estaban las piernas.

—Bien. Ahora intenta hacer un esfuerzo para no apoyarlo en ningún sitio hasta que lleguemos allí.

Entre ambos lo cargamos, aguantando como pudimos el peso de su corpulencia física, hasta que pudimos colocarlo en el lugar propicio para esconder su cuerpo sin tener que mover en exceso la máquina que me ayudaría a hacer más profundo el pozo que lo guardaría dentro.

—¿Llevas encima tu móvil? –le pregunté.

—¡Hostias el móvil! –dijo llevándose la mano a la frente–. No sé donde está, ni el mío ni el de Sergio, Nos los cogió a los dos y no tengo ni idea de qué hizo con ellos. Podrían estar en cualquier parte. Igual los dejó en mi coche o... en el suyo, no sé.

—No, en el suyo no están, ya lo he comprobado. Da igual, toma mis llaves. Si ves rondar a alguien por ahí, te largas intentando que no os vean. –Tony comenzó a negar con la cabeza como un autómata–. ¡He dicho que te largues si viene alguien! ¿Entendido?

Agachando la cabeza, asintió sólo una vez sin decir palabra.

—Todo ira bien –dije para tranquilizarle–. Corre, no le dejes más tiempo solo. Yo iré en cuanto acabe.

Esperé hasta que se marchó para subirme a la retroexcavadora que estaba cercana a aquel pozo y, poniéndola en marcha, comencé a mover la cuchara en su interior sacando suficiente tierra para hacer más profundo el hueco.

Mis ojos bailaban sin parar siguiendo el movimiento de aquellas paladas, mientras conseguía sacar un montículo suficientemente grande como para asegurarme de que el cuerpo de aquel malnacido pudiera llegar a ser enterrado sin que se notara nada.

Tuve que hacer un esfuerzo para parar, antes de continuar en aquel estado hipnótico que no me permitía pensar con claridad.

Bajando de la máquina, verifiqué que el hoyo fuera el adecuado para que cupiera. Y sin pensármelo demasiado me giré y con toda la fuerza y la rabia que llevaba dentro empujé aquella bolsa oscura, y lo que ocultaba dentro, al interior del pozo.

Aquel envoltorio de plástico que me sirvió como mortaja para cubrir su cuerpo, me ayudó a que las malas noches que pasé durante años, soñando con él y con aquel desafortunado desenlace, fueran algo más leves.

No tardé mucho en subir de nuevo a la excavadora y comenzar a hacer el trabajo inverso; rellenar con la tierra recién sacada la profundidad de esa improvisada tumba, al tiempo que rezaba para que no nos siguiera mortificando nunca más aquella pesadilla humana que habíamos tenido en nuestras vidas durante los últimos meses.

Unas cuantas presiones certeras en el fondo de aquel pozo, con la propia cuchara, consiguieron compactar y nivelar el terreno, evitando la sospecha de la manipulación.

Me bajé de la máquina, dejando todo cómo me lo había encontrado. Eché un último vistazo dentro del pozo para cerciorarme de que el cuerpo hubiera quedado cubierto por completo y me marché de vuelta al edificio para recoger el cinto donde Ahmad portaba la defensa y los grilletes; revisando de paso y exhaustivamente los rincones de cada planta.

Cuando bajé por fin, me dirigí al módulo que hacía las veces de oficina de los vigilantes para guarecerse y descansar, abriendo la puerta con una de las llaves que Ahmad llevaba encima.

Ya dentro revisé todo, pero especialmente las taquillas, cerciorándome de que no hubiese nada de él en su interior. Antes de salir dejé sobre el escritorio, limpiándolo de posibles huellas; las llaves de la oficina junto a las del coche de vigilancia, el revolver comprobando que tuviera todas las balas, la documentación de vigilante de seguridad de Ahmad, su placa y su cinto con la defensa y los grilletes.

Apagué la luz y cerré la puerta para dirigirme hacia mi auto, donde me esperaban Tony y Sergio acurrucados en un rincón de los asientos traseros.

–¿Dónde está tu coche? –pregunté antes de arrancar.

–Cerca del economato. Ahmad pilló desprevenido a Sergio por la calle mientras regresaba de ver a Kylie y le cogió su móvil para mandarme un mensaje, haciéndose pasar por él para que le fuera a recoger allí.

–Os llevaré a mi casa y allí os duchareis, Javi no puede veros así. Después iré andando a buscar tu coche y lo aparcaré donde siempre lo dejas. Dale un tranquilizante a Sergio y esperadme hasta que llegue –le dije a Tony.

Me puse en camino y los tres mantuvimos silencio durante todo el trayecto.

Les dejé allí como habíamos convenido.

Cuando regresé a mi casa, después de aparcar, les pude devolver sus móviles que por suerte estaban tirados junto con las llaves del todoterreno de Tony en el suelo del propio vehículo.

Antes de salir por la puerta para dirigirnos a su casa, me giré hacia los dos y les dije:

–Mañana os vais temprano y no os veré. Voy a acompañaros para despedirme de Javier. Sólo quiero que nos prometamos una cosa, aquí y ahora, los tres; que jamás hablaremos de esto que ha pasado hoy. Olvidaros de ello como mejor podáis, como si nunca hubiera ocurrido, yo haré lo mismo. ¿Me has entendido bien, Sergio, o tiene que traducírtelo tu padre?

El hijo mayor de Tony asintió varias veces con la cabeza, quedándome la esperanza de que entendiera que era mejor dejar las cosas así, para olvidarnos de lo sucedido, pasar página y así poder continuar cada uno con nuestra vida.

- 17 -

Pasaban ya varias horas después de la medianoche. Sin embargo, Sergio parecía haber encontrado un buen motivo para abrir la botella de carísimo coñac francés que bebíamos en su casa al tiempo que las confidencias, ocultas durante tantos años, hacían su aparición.

—Si quieres que te sea sincero, creo que lo que sentía en realidad eran celos —continuó diciendo el hijo mayor de Tony—. Todos estos años he estado celoso de ti, Lin. Sentía envidia de que despertaras esa pasión tan arrebatadora en hombres como aquel sádico o como papá. Yo adoraba a mi padre y maduré pensando que tú le alejaste de mí; pero desde que os casasteis, comprendí que con esa unión lo único que hicisteis fue corroborar lo enamorados que estabais el uno del otro. Y yo envidié vuestra relación. Desde que entraste en su vida, sólo supiste cuidarle, ayudarle, apoyarle y eso fue lo mismo que hiciste con Javi y conmigo. Al menos, ahora puedo reconocerlo, pedirte perdón y agradecerte lo que has hecho por todos nosotros, pero especialmente por mí, durante todos estos años.

Mis ojos no pudieron separarse de los suyos mientras escuchaba aquellas palabras.

—De nada, Sergio. Yo también tengo que agradecerte que hayas conseguido que pudiera hablar de todo esto contigo. Siento como si durante muchos años hubiera enquistado dentro de mí lo que aquella noche ocurrió en Boommarang; y aunque lo intenté olvidar sin conseguirlo, ahora mismo creo que me he liberado de ello de manera definitiva. A veces, ignoramos que nosotros somos nuestros mejores terapeutas.

Sergio asintió, con una sonrisa ladeada, mientras apurábamos nuestras copas en silencio.

Con la tranquilidad de haber hablado por fin con él y la placidez que el coñac le otorgaba a mis sentidos, en cuanto me encontré metido en la cama, el pasado hizo su aparición de nuevo.

Al día siguiente de lo ocurrido en Boommarang, amaneció como cada día. Y yo, aún sin haber pegado ojo en toda la noche, salí de casa más temprano de lo habitual.

Necesitaba entrar de alguna manera donde vivía Ahmad, rodeado del resto de vigilantes de la compañía, para registrarlo a fondo.

Cuando llegué a aquel lugar, me puse los guantes y cogí la caja de herramientas por si me cruzaba con alguien; aunque no hizo falta, ninguna luz se veía encendida dentro del resto de módulos adosados que rodeaban al de Ahmad ya que sus compañeros dormían o todavía no habían llegado de sus puestos de trabajo.

Metí la llave, del segundo llavero que le saqué del bolsillo a Ahmad, y la puerta se abrió.

Una única vez había estado allí dentro con Ahmad, y prefería no traer de vuelta a mi mente los recuerdos lascivos que me evocaba la imagen de sus grilletes rodeándome las muñecas.

Aquel espacio seguía igual que entonces. Se trataba de un pequeño estudio de una sola pieza y un aseo con ducha.

La cocina dentro de un salón comedor inmenso, era lo que compartían todos aquellos hombres que por lo general nunca se quedaban más de un par de años en aquella región; por eso era que la compañía no les ofrecía *bungalows* independientes de larga estancia, como en nuestro caso.

Ayudado por una linterna, revisé cajones, armarios, estantes y bajé y subí la cama del habitáculo en la que se encontraba oculta. Después me guardé la documentación importante que encontré junto con su pasaporte, así como todo el dinero y algunas prendas sueltas y cosas de aseo estratégicamente elegidas para llenar una de mis mochilas que había llevado completamente vacía.

Sobre una mesa auxiliar dejé las llaves encima de una cuartilla de papel que arranqué de un viejo bloc de notas que encontré por mi casa y después de abrir la puerta, percatándome de que no hubiera nadie rondando por allí, la cerré a mis espaldas cargando con la caja de herramientas y la mochila colgada al hombro; simulando así que algún trabajo en el cajetín individual de la luz de aquel módulo me había llevado hasta allí.

Mientras caminaba, mi corazón latía más rápido de la cuenta y no llegó a normalizar su ritmo hasta que conseguí arrancar el coche y ponerme de camino hacia la mina.

Poco a poco, la ansiedad fue remitiendo y el pulso se me fue estabilizando a medida que conducía; dejando que el aire, que entraba por la ventana abierta, me diera en la cara.

Mucho antes de fichar, me desvié hacia el horno incinerador de la mina para meter dentro toda la ropa de Ahmad que se mantuvo en mi coche durante la noche, dentro de la improvisada bolsa que le había hecho. También metí la mochila con todo el resto de vestuario que tomé prestado de su armario, su documentación personal, móvil y cartera, incluyendo el dinero, para que no quedara ni rastro de todo ello.

Al cerrar el portón de aquel incinerador, me sobrevino un ligero temblor en las piernas que conseguí parar trayendo de vuelta a mi mente la imagen de Ahmad apuntando con su arma a la cabeza de Tony.

Las horas dentro de la mina avanzaban lentamente y mirar el reloj no ayudaba en nada.

A la hora del almuerzo no pude ni probar bocado, y cuándo por fin terminó el trabajo y llegué a mi casa, me metí en la ducha quedándome hipnotizado bajo un chorro de agua templada que acrecentó mi cansancio, los temores y el remordimiento.

Me sequé y me vestí con lo primero que pillé y, como cada tarde, me senté a esperar en los escalones de la entrada a que llegara Tony.

En cuanto me vio, aparcó y bajó del coche con las manos metidas en los bolsillos.

—¿Llegaron ya los chicos a Perth? – le pregunté.

—Sí, ya están en el hotel del aeropuerto. Me llamaron antes de salir a cenar –respondió.

—¿Hablaste con Sergio? –quise saber.

—Sí, se le notaba más calmado. Dice Javi que se pasó el vuelo durmiendo. Le han venido bien tus pastillas. Quizás yo me debería de haber tomado alguna –dijo con una sonrisa ladeada–. Ahora estoy un poco más tranquilo pero he sido incapaz de concentrarme en todo el día. Y necesitaba verte pero no sabía... si llamar.

—Yo no he comido nada aún, quizás una ensalada y un par de somníferos nos vendrían bien para descansar algo, ¿te apuntas? –dije con la certeza de saber que doparse era una de las mejores opciones en caso de necesidad por sobrecarga mental.

—Sí por favor, lo que sea con tal de dormir algo sino mañana pareceré un zombi –dijo atusándose el pelo hacia atrás–. El... departamento de vigilancia se ha extrañado por la ausencia repentina de uno de sus agentes... en pleno puesto de trabajo –dijo titubeante mientras me seguía hacia el interior de mi casa.

—¿Ausencia repentina? —repetí esperando a que entrase para cerrar la puerta tras él.

—Encontraron las llaves de la oficina y del auto junto con su revolver cargado, su cinto y la chapa de identificación encima de la mesa de la garita; así como el coche que tenía adjudicado, aparcado y cerrado como si no fuera a volver.

—¿Han descubierto algo más? —pregunté intrigado.

—Pues que dónde vivía dejó muchas cosas, llevándose sólo algo de ropa y de aseo y toda su documentación personal. Tampoco había nada de dinero.

—Igual se ha tomado unos vacaciones por su cuenta —intervine.

—No es lo que piensan. Más bien la conjetura es que alguien ha venido a buscarle y se ha marchado definitivamente de Boommarang, ya que dejó también las llaves de su módulo y una nota escrita por él donde decía: *Lamento ir. No me gusta. Hasta pronto.* Creen que la presión de tantos meses aquí ha podido con él, no es la primera vez que les ocurre.

—¿Y alguien le ha visto por última vez? Tal vez saben con quién se pudo ir o le vieron hablar con alguna persona.

—No, nadie ha visto nada raro ni tampoco parece que les preocupe demasiado. Sus compañeros no le van a echar de menos lo mas mínimo, casi hasta se alegran de que haya abandonado el trabajo, les parecía un tipo extraño. El jefe les ha ordenado que guarden todos sus enseres en cajas y van a esperar una semana a ver si regresa o hace una llamada al menos para dar explicaciones, sino terminarán tirando todo a la basura.

Me quedé un rato pensativo, reordenando toda la información que Tony me estaba aportando.

—Y... ¿las obras como van? ¿Avanzan? —pregunté manteniendo la respiración.

167

–Milagrosamente sí. Por suerte, las lluvias este año se están retrasando. Hoy han podido rellenar con hormigón de limpieza todos y cada uno de los pozos de cimentación ya abiertos, yo mismo lo he comprobado –una sonrisa titubeante y nerviosa apareció en su rostro–. Esperemos que mañana el tiempo les permita colocar al menos las armaduras y dejarlos rellenos con el resto de hormigón.

En efecto, aquello fue lo que ocurrió, el cielo se apiadó de nosotros y retrasó el agua lo justo para que el endurecimiento de aquellas bases se completase.

Dos semanas después de no dar señales de vida, la empresa cursó cese voluntario del vigilante de seguridad privada, Ahmad Çelo. Se sospechaba que después de dos años sin salir de Boommarang, y con lo poco dado que era a las relaciones sociales, su estancia en aquella colonia había terminado convirtiéndose para él en algo insoportable. Pensaban que tal vez se largó con alguien que le vino a recoger por carretera y de ese modo evitaba tener que dar explicaciones en la empresa, donde le podían llegar a trasladar a algún sitio tan recóndito como aquel, ya que mantenía un contrato de trabajo vigente con ellos.

A partir de ese momento, pasaba a ser un problema de los de inmigración el dar con él cuando se le acabase la residencia temporal de trabajo. Aunque, siempre y cuando no se metiese en ningún lio, de no presentarse para la renovación de su visado sólo pasaría a engrosar la lista de inmigrantes ilegales en el país.

Cerrado el caso, zanjado un problema.

En cuanto a las fases de aquella obra, que no volví a pisar hasta muchos meses después, siguieron levantándose poco a poco. Me consta que, aunque no era de su competencia, Tony sí se pasó por allí alguna vez; sobre todo durante la construcción de las edificaciones colindantes a la que ya estaba levantada y poniendo como excusa la visita a alguno de sus colegas arquitectos.

Una tarde, cuando me enteré por uno de mis jefes que aquella obra se había finalizado por completo, tuve la necesidad de desviarme de mi camino habitual desde el trabajo a casa para comprobarlo con mis propios ojos.

Esa fue la primera noche que conseguí dormir del tirón, sin tener que echar mano de ningún somnífero.

- 18 -

A la mañana siguiente de haber estado con Sergio, dando buena cuenta de una botella de coñac de primera calidad, su hija pequeña me estaba esperando en la cocina para desayunar.

–¡Buenos días, abuelo! Anoche te acostaste muy tarde. ¿Quieres un par de aspirinas con el café?

Una de las cosas por las que Betty era digna hija de su padre era por la perspicacia.

–Sabes que si no quieres sufrir una mala resaca, lo que bebas tiene que tener un mínimo de calidad –le respondí.

–Ya, ya he visto la botella que le regalaron a mi padre hace meses, abierta esta mañana en el salón; y... por cierto, estaba bastante vacía. Espero que no se te haya ocurrido cogerla sin su permiso, dice Ruth que era un regalo de sus compañeros de trabajo.

–Querida Bettina –dije dándole un beso en la frente–, parece mentira que no me conozcas.

–Precisamente porque te conozco te lo digo, abuelo. ¿Estuvo el tío Javier con vosotros?

–No –contesté rotundo y a sabiendas de que a esas alturas ella ya estaba al corriente de nuestra cena de la noche anterior–. Los culpables solamente fuimos tu padre y yo.

—Se me hace extraño saber que ambos habéis bebido más de la mitad de una botella de coñac tan cara. Pero mucho más, si los únicos implicados no se hablan desde hace años.

—Nunca es demasiado tarde —respondí sin mirarla, sirviéndome una taza de café recién hecho.

—Ya Lin, sólo que me gustaría saber qué celebrabais; si no es indiscreción, claro.

—¿Has hablado ya con tu padre? —le pregunté sentándome en un taburete alto frente a ella.

—Le he visto esta mañana antes de que se fuera a trabajar y me ha dicho una cosa que me ha descolocado.

—¿Y bien? —la animé a que continuara mientras bebía de la taza.

—Pues me ha dicho que le gustaría que aplazase por un tiempo mi vuelta a Australia. Incluso me ha dicho que podría mirar algún Master para hacer aquí en Madrid.

—Bueno, quiere tenerte más tiempo junto a él, eso está bien. ¿Por qué te descoloca? Es tu padre, normal que quiera tenerte cerca —fingí no darle importancia mientras elegía un *croissant* entre todos los que había en el plato.

—Pues es que parece que no se acuerda de que yo he estudiado Biología marina; y aquí no hay mar, por si no os habéis dado cuenta.

—Betty, habrá cincuenta mil Masters relacionados con tu carrera en donde no haga falta que tengas el culo metido en el agua todo el día.

—¿Acaso no quieres que volvamos juntos a casa, abuelo? ¿O estás pensando en mudarte por un tiempo a Madrid para vivir con nosotros?

La niña había metido el dedo en la llaga que sabía que me haría saltar de inmediato.

—Cariño, te habrás enterado ya de que tu hermana y su novio se quieren ir a vivir juntos, ¿verdad?

—Pues sí, pero eso no tiene nada que ver conmigo.

—Hombre, sería un gran apoyo para Ruth que estuvieras durante sus primeros meses de convivencia con Yong; ya sabes el miedo que le tiene a lo que opine tu padre.

—Lin, a mi hermana y a Yong les deseo lo mejor, pero mi vida está allí. Yo ya no tengo nada que ver con España. Ya sé que aquí están mi familia y mis amigos de la infancia, pero nada más, ya vendré a verles. Yo tengo un montón de planes y compromisos allí que no puedo abandonar así como así. Hacer un Master en España es una estupidez y más en Madrid, y tú lo sabes de sobra. ¿Qué coño pasa, Lin? ¿Por qué tratas de justificar a mi padre a estas alturas? Nunca lo habéis hecho, ni el abuelo Antonio ni tú.

—Betty, tu padre sólo quiere pasar más tiempo contigo, es comprensible. Piensa en ello cariño, sólo será por un tiempo y le hará recuperar el tiempo perdido por no haber estado a tu lado.

En ese momento un dolor punzante comenzó a atravesarme la cabeza y al llevarme la mano a la sien, Bettina se alertó.

—¿Te encuentras bien? —preguntó mirándome con preocupación.

—No es nada —dije empezando a escuchar un zumbido continuo en mi oído, amortiguado por la presión vascular en la cabeza—. Quizás sería buena idea que me trajeras ese par de aspirinas.

—Sí abuelo, enseguida te las traigo.

Al instante de desaparecer ella por la puerta de la cocina, el zumbido fue agudizándose hasta el punto de hacerme perder el equilibrio aún estando sentado en aquel taburete.

Bettina entró corriendo al escuchar el estruendo provocado por la caída y sólo pude ver como tecleaba rápidamente en su pulsera móvil.

La ambulancia llegó casi al mismo tiempo que Sergio. Por suerte no me desmayé y, haciéndole unas cuantas señas con la mano, conseguí que entendiera que necesitaba hablar con él a solas.

—Toma las llaves y vete a buscar a Ruth. Yo iré con Lin en la ambulancia. Nos vemos en el hospital —le dijo Sergio a su hija.

Bettina no se atrevió a replicar a su padre y salió mucho antes que nosotros.

A duras penas conseguía entender a los enfermeros que me preguntaban sin parar sobre lo que me pasaba. Cuando Sergio desconectó el auricular por el que hablaba, les dijo algo referente a que su hermano era el médico que nos esperaba a la llegada al hospital; así que arrancaron para ponerse en camino, dejando de hacer más preguntas y permitiéndome evadir la mente con recuerdos para intentar que el dolor punzante disminuyese.

Durante esos cuarenta años que pasamos juntos, Tony y yo, jamás hablamos directamente de lo ocurrido aquella noche.

Sabía que no me juzgaba ni me culpaba por ello, por la manera en la que me otorgaba protección; sobre todo las noches en donde las pesadillas con Ahmad hacían su aparición. Con sus manos me acercaba hacia él en cuanto notaba la sacudida que sobre mi cuerpo provocaba un mal sueño y, acariciándome la cabeza, conseguía que me volviera a dormir.

El día que oficialmente se comenzaron a ocupar aquellos edificios, destinados a locales y aparcamientos en altura dentro de un complejo comercial, Tony me propuso una cena en su casa.

Cuando abrí la puerta, le encontré en la cocina terminando de colocar marisco sobre una fuente y ofreciéndome una copa de vino blanco que acababa de descorchar.

—¿Celebramos algo? —pregunté intentando hacer memoria de alguna fecha que se me hubiera escapado.

—Sí mi amor, tu cumpleaños —dijo entrechocando su copa con la mía y pegando sus labios a los míos, comenzando a despertar en mí un deseo que llevaba semanas adormecido.

—Pero mi cumpleaños no es hoy, fue el día...

—4 de enero —confirmó—. Lo sé, llevamos dos años sin celebrarlo. El pasado por la aparición inesperada de Teresa y este...

—¡Shhh! —susurré tapándole la boca con mis dedos y entornando los ojos—. Nunca más quiero celebrarlo en esa fecha, nunca. Me encanta hacerlo ahora, dejando que pase el tiempo. Además, ¡comienza la primavera, es ideal!

—Tenemos algo más que celebrar —dijo tomándome por la nuca y comenzando a acariciármela mientras yo disfrutaba de sus caricias—, las obras del área comercial han finalizado. Hoy han dejado entrar a la gente para vestir los locales. Esperan inaugurar a finales de mes. Será un gran centro comercial; con supermercados, tiendas de ropa, bancos, peluquería... ¡ya no tendrás que cortarme el pelo tú! —exclamó.

Comenzaron a saltárseme las lágrimas y su abrazo terminó de calmarme el nerviosismo.

—Me encanta cortarte el pelo —afirmé.

—Te quiero, Lin. Te quiero tantísimo —dijo susurrándome al oído.

La certeza de que en breve comenzaría a haber movimiento continuo en aquella zona, confirmando así que nuestra pesadilla había quedado enterrada de por vida, fue toda una liberación. El temor de todos esos meses atrás, se esfumó; y con ello la tensión en mi cuerpo que se vio disipada al sentirme arropado por los brazos de Tony.

Por fin Ahmad había salido de nuestras vidas. Ocho meses habían pasado desde lo ocurrido y nadie había venido a buscarle, a preguntar o a interesarse por su paradero.

Ahora, tenía que salir de nuestras mentes; y eso, solamente el tiempo lo conseguiría.

Me centré en Tony, en su perfume, en su calor. Necesitaba tenerle dentro de mí, amándome como él sabía. Deseaba entregarme a él como antes de acontecer todo y de vivir con una espada de Damocles colgando sobre nuestras cabezas.

El vino blanco y el marisco tuvieron que esperar ya que nuestras bocas se buscaron hasta encontrarse, haciendo que la respuesta a mi necesidad fuera atendida de inmediato por él.

Comenzó a desabrocharme lentamente los botones de la camisa. Uno a uno fue soltándolos hasta descubrirme el pecho para acariciarlo; a la vez que su boca, rozándome el cuello y mis pezones erectos, conseguía erizarme la piel con cada lametón, con cada pequeño mordisco.

Se le antojaba no llegar muy lejos. Hacerme el amor, allí mismo, en el salón de su casa. Así que me arrastró con él, tirando de mi cinturón, y se sentó en el filo del sofá.

Me desabrochó el pantalón con destreza y comenzó a degustar la recia respuesta a sus caricias, aumentando mi placer con certeros lengüetazos sobre mi endurecida verga.

Noté la urgente necesidad por sentirle dentro y la suya de poseerme. Y tras desnudarnos por completo, me coloqué sentado a horcajadas encima de él, mirándole de frente y a los ojos según le montaba. Permitiendo así que con su penetración pudiéramos observar nuestros cuerpos excitados. Tony comenzó a masturbarme consiguiendo que el rebosante elixir, que no fui capaz de aguantar por mucho tiempo, le estallara directamente sobre el pecho al tiempo que él eyaculaba en mi interior, liberando su éxtasis conmigo y otorgándonos a ambos un orgasmo sublime.

Mi cuerpo se desplomó sobre él relajándose tras el deleite obtenido y, estando aún abrazados, Tony volvió a susurrar:

—¿Quieres pasar conmigo el resto de la vida hasta que la muerte nos separe, Lin?

—Por supuesto que quiero. Te quiero para siempre, mi amor —dije con una sonrisa, separándome de él lo justo para después volar hacia su boca, fundiéndonos con el calor de nuestros besos.

L a ambulancia que me llevaba hacia el hospital se abría camino entre los coches.

—Diles que apaguen la sirena —dije cogiendo de la chaqueta a Sergio para que se acercase un poco más—. Con tanto ruido y este zumbido en los oídos no oigo nada y tengo algo importante que decirte antes de llegar.

—Dime, Lin —Sergio consiguió pegarse a mí lo suficiente cómo para que yo no dejase de tener esa posición tumbada que me calmaba los mareos.

—Júrame por lo que más quieras, que si llego a perder el conocimiento no permitirás que Javier o ningún otro médico me metan en el quirófano.

—Lin, pero…

—¡¡Ni peros ni nada!! —mi propio grito retumbó en mi cabeza como si le hubieran pegado un golpe con un martillo—. Tengo un testamento vital hecho en Darwin. Fue todo lo que me dio tiempo a hacer antes de venir. Habla con la embajada, ellos lo confirmarán; pero no quiero que nadie me toque, ¿entendido? Ni tratamientos, ni operaciones, nada de nada. Y apelo a tu condición de juez para que cumplas con mi voluntad.

Por un momento vi a Sergio dudar ante mis palabras. Pensé que se enfrascaría en una discusión que yo no sería capaz de aguantar debido a que, poco a poco, sentía como el dolor de cabeza me vencía.

—Te lo debo, Lin.

—No quiero que tengas un sentimiento de deber, sólo necesito que lo hagas; si es que me llegaste a entender después de todo lo que hablamos anoche. Como mucho, y si pueden que no lo sé, que me aguanten con alguna cosa para meterme en el primer avión que salga hacia Sídney. Le pagaré el billete de ida y vuelta a una enfermera que me acompañe. Sólo quiero llegar allí y que avises a la embajada para que comience todo el proceso y así acabar cuanto antes con esta historia.

—Lin escucha, he estado pensando en ello —comenzó a tocarse la barbilla de manera nerviosa—, no puedo permitir que te montes en un avión y te vayas solo. Incluso, dudo que Javier pueda llegar a autorizar eso en el estado en el que estás. Ninguna compañía aérea te aceptaría con el riesgo de que pudieras morir a bordo de uno de sus aviones.

—No te lo estoy pidiendo, Sergio. Exijo que se respete mi voluntad. No quiero esta vida si no es junto a él; y desgraciadamente ya no está, así que me quedan pocas opciones.

—Pero nos tienes a nosotros, ¿que pasará con Betty? ¿Y con Ruth? Se les acaba de morir su abuelo, no les prives de tu cariño tan pronto.

Tuve que tomar algo de aire para recuperar el resuello y evitar que la cabeza me siguiera atormentando.

—Yo os he querido como a mis propios hijos, Sergio. Te miro y veo a tu padre de joven. Y a todos lo efectos, tus hijas son como mis verdaderas nietas. Pero no quiero ser la carga de nadie y menos con una enfermedad que no me permita ni reconocerme con el tiempo; eso, ni aunque fueseis mi verdadera familia lo haría.

—¿Hubieras querido la eutanasia si papá estuviera vivo? —preguntó mirándome fijamente.

—Por supuesto que sí y con mucha más razón —afirmé rotundo—. Deja que me vaya antes de que las niñas se enteren de lo que tengo pensado hacer.

—¿Y prefieres morir allí solo sin nadie a tu alrededor? ¿Qué pasará con tu cuerpo?

—La gente de la residencia hará conmigo lo que quiera. Ya lo tengo hablado con ellos.

—Una de las razones por las que quisimos que trajeras aquí a mi padre fue para poder visitarle, aunque no fuera a ser tanto como lo estás haciendo tú en estos días —sonrió levemente al recordarlo—. Al menos, tenemos un sitio para llevarle unas flores y poder estar a solas con él.

—Lo sé, objetivo cumplido —me reafirmé.

—Pero si te vas, no estarás junto a él, Lin.

—No quiero que tengáis que ocuparos de mí. Eso sería demasiada responsabilidad y nunca lo cargaría sobre vuestras espaldas.

La ambulancia llegó a su destino y pasándome de la camilla a una silla de ruedas entramos por urgencias. Sergio, sin dejarme ni un solo momento, siguió al celador que me llevaba hasta la habitación que había sido adjudicada por orden de Javier.

Ayudándome entre los dos, conseguí tumbarme sobre la cama.

—Dile a Betty cuando llegue que se vaya a casa. No quiero que entre y me vea aquí.

—No Lin, escúchame por favor —dejó de hablar y de mirarme durante un buen rato hasta que se vio capaz de retomar lo que estaba diciendo—, no sé cuanto tardará en aparecer por aquí mi hermano —comenzó a dar vueltas por la habitación sin dejar de mirar al suelo—. Si tan seguro estás de que quieres llevar a cabo la eutanasia, yo podría... ¡Joder, no sé ni cómo decirlo, coño que difícil!

Tardé un rato en caer en la cuenta de lo que significaban sus palabras.

—No me lo digas entonces, sólo hazlo por favor —dije ayudándole a completar la frase.

—¡El caso es que no quiero autorizarla, Lin, no para ti! Pero tampoco quiero que te vayas sin poder darte lo único que nos has pedido en toda tu vida.

—Para mí sería un detalle muy especial que tú lo autorizases. Aunque también te digo que no lo hagas si piensas que me lo debes porque entonces tu conciencia no descansaría jamás. Tienes que hacerlo con la convicción de que es mi deseo, eso te consolará y de esa manera estarás en paz conmigo y contigo mismo.

Se sentó en el borde de la cama, mirándome, y sus ojos empezaron a bailar nerviosos de uno a otro de los míos mientras se mordisqueaba el labio inferior, al igual que hacía su padre cuando algo le inquietaba.

—Es irónico, ahora que por fin habíamos aclarado todo —soltó todo el aire que tenía dentro de los pulmones y entrelazó las manos apoyándolas sobre sus rodillas—. Si finalmente lo hago, necesitaré que se lo digas tú a las niñas. No quiero que me vean como a un inquisidor que ha autorizado tu sacrificio. Las perdería seguro.

—De acuerdo, lo haré —asentí, visiblemente contento y sin ponerle cortapisas.

—Esto aún no ha acabado, falta Javier. Yo no puedo exigirle que sea él quien lo lleve a cabo. Se va a negar en redondo y con razón.

—Yo se lo pediré, no te preocupes —respondí para facilitarle las cosas.

—Joder Lin, ¿cómo no quieres que me preocupe? Imagínate que fuera a mi padre al que le estuvieras pidiendo esto.

—Pero tú no eres Tony y estás ante un caso de voluntad propia. Nadie mejor que tú para concedérmelo.

Sergio volvió a hacer otro parón antes de continuar hablando.

—De acuerdo, lo haré si es lo que quieres. Sólo quiero que sepas que esta es la decisión más difícil que he tomado en toda mi vida. No estoy en desacuerdo con esta práctica pero sí el que vayas a ser tú al que se lo tenga que otorgar —y tomándome de la mano, dijo—. Gracias por haber sido tú y por haber estado ahí siempre, Lin, gracias. Y siento muchísimo que no vayamos a poder tener más tiempo para compensártelo todo y hacerte ver lo importante que has sido en mi vida.

—Gracias a ti, Sergio, de todo corazón —dije con los ojos humedecidos por la emoción.

En ese momento, llamaron a la puerta con los nudillos. Era Javier vestido con su bata de médico y acompañado por una enfermera, Bettina, Ruth y Yong.

Limpiándome las lágrimas con el dorso de la mano y haciendo uso de mi lengua materna, le pedí al novio de Ruthy que esperase fuera hasta que ella saliese; diciéndole de paso que esperaba que cuidase bien de ella y que le otorgara siempre respeto, amor y sinceridad ante todo, deseándoles una próspera y feliz convivencia juntos.

Una vez que el joven Yong salió de la habitación sin decir nada y cerró la puerta ante la extrañeza de todos los allí presentes por oírme hablar en mandarín, esperé para que Javier empezara a hablarnos sobre el por qué había solicitado mi ingreso en planta.

Cuando la enfermera que me había tomado la tensión y la temperatura salió también del cuarto, Javier comenzó a contarnos sobre la enfermedad todo lo que yo ya sabía por los médicos australianos.

—A ver Lin, ¿me vas a facilitar las cosas o no? —dijo después de terminar de hablar.

—Ya veo que traes a las niñas para presionar, Javi, pero no quiero discutir. Vienes para intentar meterme en el quirófano, pero lo que no nos has contado es que la operación dejará mermas en mis sentidos y que no necesariamente evitará que el cerebro se vuelva a llenar de líquido. Lo siento mucho Javier, pero yo no quiero ni una intervención quirúrgica ni una vida así.

—¿Y prefieres que la cosa vaya empeorando? Hoy son vértigos, migrañas que irán cada vez a más, sordera gradual hasta hacerse completa. Mañana quién sabe; parálisis lateral, incontinencia, problemas de habla…

—No me preocupa. Lo único que sé ahora mismo, en este mismo instante, es que soy consciente de todos mis actos y que (voluntariamente y sin coacción alguna, con todos vosotros como testigos y como la única familia real que he tenido en toda mi vida)… –paré un momento para mirar hacia Betty y hacia Ruth rogándoles con la mirada que entendieran mi postura– …quiero solicitar la eutanasia.

—¡¿Queé?! –exclamó Ruth antes que nadie–. ¿Abuelo estás loco? ¿Cómo se te ha podido ocurrir semejante estupidez?

Los ojos de Betty empezaron a volverse cristalinos por las lágrimas que empezaron a fluir por ellos mientras me devolvía una mirada endurecida y crítica.

—Por eso querías volver solo a casa –dijo casi en un susurro–. Tú has tenido algo que ver en todo esto, ¿verdad papa? ¡Tú le has animado a ello! ¿no? –dijo elevando el tono de voz–. Estarás contento. Es tú manera de vengarte de ellos, de la relación que tuvieron el abuelo Antonio y él. ¡Dios, esto es increíble! –comenzó a menear la cabeza de un lado a otro sin parar.

—¡¡Bettina, escúchame!! –incorporándome de la cama, alcé la voz contra ella como nunca antes lo había hecho–. Ya te dije que no tuvieras esa visión de tu padre y te hablo muy en serio –los dolores punzantes en la cabeza se acrecentaron pero tuve que hacer un esfuerzo para evitar que se me notara–. Es mi decisión, mi voluntad y sabes que os quiero más que a nada en el mundo pero no quiero una vida de dolor y sufrimiento, con mermas que me hagan olvidaros y no recordar ni siquiera quienes sois. Y sí, créeme, esa puede ser una de las secuelas de la operación. Tu padre va a ayudarme y lo hace por mí, porque yo se lo pido; mejor él que nadie. Y si Javier quisiera llevarlo a efecto… pero eso es algo que tengo que hablar con él a solas. Así que, Bettina, Ruth, perdonadnos un momento, por favor. Sólo quiero a vuestro padre de testigo en este asunto.

—¡¿Cómo dices?! ¿Habéis escuchado lo que ha dicho o yo le he entendido mal? —dijo mirando como las chicas salían sollozando de la habitación y agarradas del brazo—. ¿Adónde vais? Sergio, ¿qué coño pasa aquí?

—Escúchale, Javier por favor, él te lo explicará —dijo Sergio mientras se cercioraba de que sus hijas salían de la habitación y cerraba la puerta a sus espaldas.

Durante varios minutos que me parecieron horas estuve haciendo mi alegato en pro del consentimiento de Javier como médico, para que fuera él quien me administrara la combinación de drogas que daría por terminada mi vida. No quería tener que justificar mi decisión más veces y en verdad prefería que fuera él, mejor que ningún otro, quién manipulase la jeringuilla sobre mi brazo; pero sabía que tampoco podía forzarle a llevar a término algo que le reconcomiera de por vida.

Cuando sus ojos comenzaron a llenarse de lágrimas y nos dio la espalda a Sergio y a mí para evitar que le mirásemos, claudiqué.

—Está bien, dejémoslo ya —hundí mi cabeza en la almohada y cerré los ojos—. Sergio, haz el favor de llamar a la embajada australiana y explícales el caso. Te daré el nombre de mi clínica en Sídney y ellos se encargaran de todo el papeleo. Cuando llegue la autorización, adjudicarán a cualquier otro médico de aquí. Dile a las niñas que entren para explicárselo, empiezo a encontrarme un poco cansado y me duele mucho la cabeza.

Sergio se encaminó hacia la puerta, al tiempo que se remangaba la muñeca para comenzar a teclear algún número.

—Espera, espera un momento —Javier agarró por el brazo a su hermano—. Sé que es una práctica común y no sería la primera vez que lo hago; pero Lin —se acercó hasta el borde de la cama para hablarme más de cerca–, contigo es una completa locura, no me veo capaz y no tiene por qué acabar así.

–Sabes que es lo mejor –le dije–. ¿Qué vida me queda con una enfermedad que mermará mi cuerpo tarde o temprano? No quiero comprobarlo. Y además, ya he vivido lo suficiente y he sido muy feliz. Entiende mi deseo, quiero partir cuando aún estoy en plenas facultades para decidir; sin dolores, sin traumas, sin agonías. Permíteme que en ese final estén las personas que más cerca he sentido en todos estos años; a excepción de uno, pero con el que seguro que me reencontraré allá donde acaben nuestras almas. Y no quiero forzarte con esto que te voy a decir, pero necesito que sepas que para mí será un gran honor que Sergio lo autorice judicialmente y que tú, cómo médico y… casi cómo otro hijo también, seas el que me lo administres personalmente.

Pasó un buen tiempo hasta que Javier continuó hablando.

–¿Tú estás de acuerdo, entonces? –preguntó a su hermano mayor mirándole a la cara.

–Me agrada tan poco como a ti, Javier, pero es su voluntad. De lo que sí estoy seguro es de que yo prefiero que lo haga aquí, rodeado de nosotros, que estando solo allí en Australia.

–Sí, capaz es de hacerlo –inhaló todo el aire que pudo mientras se metía las manos en los bolsillos de la bata blanca que llevaba–. Está bien, Lin, lo haré porque me lo pides. Sergio, tú prepara todos los papeles que se necesiten para que nos los vaya firmando y yo haré lo propio con los informes médicos que tengo. Ahora voy a dejar pasar a las niñas para que hablen contigo, Lin, a ver como te apañas con tus nietas.

Betty y Ruth pasaron en cuanto su tío abrió la puerta. Sus ojos estaban llorosos y titubeaban ante el revuelo que se montó en un momento dentro de aquella habitación. Por un lado, su padre hablaba por el intercomunicador con su secretaria para que le fuera preparando y enviado por mensajería al hospital, los papeles que autorizasen el que se ejerciese la eutanasia voluntaria a un ciudadano extranjero; y por otro lado, su tío lo hacía con la oficina administrativa para que procediesen a localizar los pocos informes, del tumor, que hasta la fecha me habían hecho allí, así como para avisar de que vinieran a buscarme para hacer otra resonancia que corroborase el que la hidrocefalia había dado comienzo.

Ruthy corrió hacia mí para resguardar su pena entre mis brazos; y mientras, su hermana Betty nos miraba de pie con los brazos y el bolso cruzados delante del pecho y el ceño demasiado fruncido.

—Abuelo, opérate por favor. Yo no quiero que te mueras —a duras penas pude entender lo que decía Ruth.

—Cariño —dije acariciándole el pelo—, la operación no es ninguna garantía de curación total, sólo supondría una mejora pasajera, con demasiados efectos secundarios y recaídas a posteriori.

—¿Por qué nos haces esto, Lin? —dijo Bettina cuando sus labios por fin pudieron separarse y emitir palabras.

—Lo hago por vuestro bien, Betty. Ante una decisión como esta, al principio no queremos que la persona se aleje de nosotros; lo cual si lo pensáis fríamente, se hace por egoísmo. Pensamos que tenerle cerca será mejor para nosotros. Pero claro, sólo tenemos en cuenta las cosas buenas que se han vivido junto a esa persona. Cuando esta cae enferma y la decrepitud le acompaña, únicamente dependemos del vínculo, del cariño y de las posibilidades de cada uno para poder cuidar de ella; ya que enseguida aparece una irritante frustración por no tener tiempo para nosotros mismos, cansancio por tener que proporcionarle una atención constante que a veces hace que variemos nuestros hábitos, y muchas otras veces hasta una cierta aversión, en momentos puntuales, que incluso hace que deseemos verle muerto en vez de tener que continuar preocupándonos por sus cuidados.

Por mi parte os diré que la vejez no es tan genial como la pintan. No cuando ya no tienes al amor de tu vida a tu lado y cuando cabe la posibilidad, cómo en mi caso, de que en cualquier momento puedas llegar a olvidar a esas personas que tanto te reclaman. Los avances tecnológicos prolongan la vida de las personas, sí, pero a un alto precio. Y realmente, de haberle preguntado antes, la naturaleza nos hubiera dejado con una esperanza de vida razonablemente honrosa; pero nada más. Yo quiero morir rodeado de vosotros y disfrutando de vuestras miradas llenas de amor. Pero sobre todo quiero dejar de sufrir por vuestro abuelo al que echo tanto de menos y del que, seguramente debido a esta enfermedad, en poco tiempo me llegase a olvidar que alguna vez existió.

—El abuelo Antonio no quiso hacerlo —replicó Betty con rabia.

—Nos tenía a ti y a mí, Bettina, pero no creas que no lo pensó; sólo que a vosotros no os lo dijo.

—Tú me tienes a mí, abuelo —dijo comenzando a llorar—. Papá díselo por favor, nuestra vida está allí. Yo puedo cuidar de ti, Lin. El abuelo Antonio y tú lo habéis hecho durante estos años conmigo y ahora yo no te voy a abandonar.

—Betty cariño, ven aquí —abrí los brazos para que se acercara hasta el borde de la cama y poder abrazarla junto a su hermana—. Déjame ir en paz, te lo pido por favor. No quiero tristezas; y ya sé que tampoco vais a hacer una fiesta pero, por lo que más quieras, no me odies por ello.

—Yo no te odio, abuelo —su sollozo apenas dejaba que se entendieran sus palabras—. Te quiero demasiado.

—Pues si me quieres acepta mi decisión, por favor. Y tú también, Ruth, querida. Y prometedme que jamás le guardareis rencor ni a vuestro tío, ni mucho menos a vuestro padre. Los dos han accedido a mi petición y les estaré eternamente agradecido. Mejor ellos que ningún extraño.

Las lágrimas comunes hicieron que nos fundiésemos en un abrazo al que se unieron inmediatamente Sergio y Javier.

- 20 -

Bettina, la hija pequeña de Sergio, comenzó a leer con lágrimas en los ojos:

–"Me voy con el corazón y la mente llenos del amor que me has ofrecido" –hizo una pausa antes de continuar–. Estas fueron las últimas palabras pronunciadas por mi abuelo Antonio el día en que murió. Y también fueron las últimas dichas por mi abuelo Lin a todos los que estábamos junto a él.

Muchos de los aquí presentes pensareis que ninguna sangre procedente de Lin corría por nuestras venas y que por tanto es falso otorgarle el título de abuelo. Pero para mí, y hablo también por boca de mi hermana, él sí lo fue. Fue mucho más que un abuelo; fue un amigo, un confidente, un maestro.

Su infancia complicada y su sacrificada vida llena de arduo trabajo, se vio recompensada en sus últimos años por una feliz jubilación junto a la persona que más amó, mi abuelo Antonio. Yo fui testigo cercana de esa vida en común, de ese matrimonio, como también lo fui de la enfermedad que acabó llevándose a Tony de nuestro lado; y os puedo decir que nadie sufrió tanto su perdida como Lin.

¿Somos realmente merecedores de mantener a los seres queridos a nuestro lado aún en contra de su voluntad? Por un momento yo creí que sí. Deseaba que así fuera, no quería que mi abuelo Lin se apartara de mi lado, a pesar de su enfermedad y de sus achaques, como tampoco quería dejar de recibir su ayuda ni sus consejos; sin embargo lo hacía por puro egoísmo y así me lo hizo ver él, aunque me siga costando reconocerlo.

Después de recordar el momento tan duro del pinchazo de una aguja entrando en su brazo, del recorrido del líquido saliendo lentamente por la jeringuilla para unirse al flujo de la circulación de su sangre y, mientras escuchábamos esas ultimas palabras de su boca, sentir en sus ojos el alcance de dicha sustancia llegando al corazón y colapsándoselo hasta dejarle sin aliento –Bettina parpadeó varias veces como intentando salir de aquella ensoñación–, pienso que la voluntad de seguir viviendo o no en este mundo, es importante que se nos permita elegir como seres humanos sin ser cuestionado en modo alguno; y si encima hay jueces o médicos familiares que nos facilitan el camino, con mayor razón –dijo Bettina lanzando un guiño en dirección a su padre y a su tío–. Porque nadie más que nosotros mismos somos los dueños de nuestro destino, de nuestro paso por esta vida y debemos serlo también del final de la misma.

Me encuentro muy triste por la muerte de mi abuelo Lin, por su falta. Pero al mismo tiempo me siento feliz por él, por el reencuentro que él confiaba volver a tener con su amado, mi querido abuelo Antonio, allá donde sus almas les hayan llevado. Y brindaré por ellos dos –dijo inspirando profundamente y mirando al cielo–. Os quiero mucho abuelos y os echaré mucho de menos.

·✦· D.E.P ·✦·

✝

ANTONIO LEDO PRATS

02- 10- 2053 A LOS 85 AÑOS

✝

LIN MÀI

31-10-2053 A LOS 68 AÑOS

VUESTROS HIJOS Y NIETAS NO OS OLVIDAN

SOBRE LA AUTORA

K.Dilano lleva hasta la fecha escritas y publicadas dos novelas de Fantasía Paranormal, "Aeons Draconangelus" (2012) y "Guardianes de Almas Eternas" (2013), ambas pertenecientes a la Saga Draconangelus; así como una tercera de género erótico titulada "La Maleta Ardiente de Luna Beltrán".

Colabora en las revistas de la Sierra Norte de Madrid "La Corneta" y "Aire de la Sierra" y ha escrito diversos relatos, entre los que cuenta con una Mención honorífica en el I Concurso literario "Heridas Invisibles".

En www.kdilano.com se puede hacer un seguimiento de su trayectoria literaria así como ver los Book Trailers correspondientes a cada una de las novelas mencionadas.

Printed in Great Britain
by Amazon

48120634R00112